新人を読む

10年の小説
1990-2000

尾高修也

国書刊行会

新人を読む　10年の小説　1990～2000　目次

10年の小説　1990〜2000

近作を読む

新人を読む　10年の小説　1990～2000

10年の小説

1990〜2000

新人小説の十年

　二十世紀末の十年、文学の新人たちはどんな小説を書いてきただろうか。文芸ジャーナリズムの純文学畑の関心が、主に若い書き手の「新しさ」に向けられるのはいまに始まったことではない。俗に変動期とか危機とかいわれる時代には、若さと新しさ以外に意味を見つけるのがむつかしくなることがある。文学的に余裕が失われるわけである。

　この十年がどんな時代だったのかまだわからないが、文学の出版がいよいよ危機的になった十年であることは確かで、まったく余裕が失われて、何らかの意味で一見新しそうな、人目につくものを求めつづけるしかないところがあった。尖端的な社会現象を文学から読みとったり、現代生活のそのときどきの「話題」を文学に探したりすることしかできなかったともいえる。「尖端的」というのは、七十年前の昭和初年の変動期に一度はやったことばである。

いつの時代でもそうだが、特に余裕が失われた時代の新人小説は、「いまどき」の小説という見かけを否応なしにまとわされている。その「いまどき性」へ、私も人並みに興味を向けるつもりで読んできた。一篇の小説として十分に楽しめないものでも、ともかく読みとおす努力をしてみた。「いま」をやや過分に意識しなければ読めないものでも、何とか読もうとしてきた。その結果、現在どんな書き手がいて、どんなものを書こうとしているか、おおよそのところは知ることができた。

だが小説というものは、「いま」に対する興味だけで読もうとしても、なかなか読めるものではない。そんな読み方をつづけていると、いやな疲れがたまってくる。広く文芸的なもののなかにもいろんなジャンルがあるし、他の芸術分野にも反応してより現代的なものを求めていくならば、特に小説というものにかかずらう必要も意味もなくなるかもしれない。「いま」というものの芸術的表現を求めることと、小説を読むということとが、どこか重ならないチグハグな感じがあって、そこから一種の疲労感が生まれてくるのである。

逆に、少し腰を据えて小説というものを見る気になれば、幾分眺めが変わってくるであろう。腰を据えてというのは、自分で書く段になると、と言い換えてもいい。その程度までこだわってみると、小説の小説たるゆえんのものが少しはっきりしてくる。

いま、ブンガクというふうに、片仮名をつかってわざと軽薄に語られることがあり、その言い方のほうが安易かつ格好がつきやすいという時代でもあるが、実際に小説を書いている本人が、そうそう軽薄になれるわけがない。小説についての小説といった書き方で、小説を書くこと自体を相対化するスタイルをとっても、野次馬が単純におもしろがるようなわけにはいかないのはもちろんである。ひょいと片仮名をつかって明るく片づけてしまうという具合にいくものではない。

こんな時代でも、当然のことながら、作家たちはごく真面目に仕事をしている。新人たちの仕事の多くも、小説に正面からとり組んで力をぎりぎりに発揮したものになっている。そういう真面目な仕事を見ていくと、結局、「いま」というものとは必ずしも関係のない、小説の小説たるゆえんのもの、小説の小説らしさ、小説ならではの姿といったものが浮かびあがってくる。一篇の小説としてのよしあしも、時代の関心のありようとは別に、かなりはっきり見えてくる。よいものと悪いものという単純な区別が意味をもってくる。それは、自分で苦労して小説を書いたり、小説好きの読者が小説ならではの楽しみにこだわったりするときに、おのずから見えてくるような区別であり意味である。

いまなお小説を書こうとする人は多い。いまなおと消極的な言い方をするのがおかしいほど、小説の書き手は増えていて、現在書く人の数は過去のどんな時代より多いかもしれない。一般に小説が読まれなくなったにしても、逆に小説にこだわろうという人は増えて、必ずしも人に喜ばれないものを苦労して書いているという現状がある。

本書でとりあげる芥川賞受賞作を中心とする新人小説は、現在のそういう状況から生まれたものである。それぞれ「いま」を反映していて、文学的には一定のレベルに達したものということになる。十年まとめてそれらがどんなものだったか、振り返ってみるのも面白いであろう。また、自分で小説を書きながら、自分がどこにいるのか、だれがどこで何をやっているのかわからないという人は、十年間の他人の仕事を見て見当をつけることができるであろう。

さきに「尖端的」といったが、ここに並んでいる作品は、文学的にはともかく、社会現象の尖端を映しているといったものでは必ずしもないことに気がつく。私が特にそういうものを探さなかっただけでなく、芥川賞作品を選ぶような人たちも、文学的な質を見きわめることをまず考え、社会現象の新しさに振りまわされてはいないので、ここにとりあげた作品は、他の多くの新人作品と較べて特別新しそうにも見えず、むしろ落ち着いた印象を与えることであろう。

文芸時評を仕事にする専門家と違い、私は月々書かれる作品をすべて読むわけではないし、新人作家たちの全体を見渡すこともできない。だから、「新人小説の十年」とはいっても、これは決して全体ではない。むしろ少し狭く絞って、芥川賞とその周辺を対象にして、十年間いわば定点観測的に語ろうと思ってはじめたことである。

従って本書は、二十世紀末の十年の新人作家たちの動向を、大きくとらえようとするものではない。逆に、目を創作の現場に近づけて、この十年どんな小説が書かれてきたか、ひとつひとつの作品に即してなるべくていねいに語ろうとするものである。ひとつには、実際に小説を書こうとする人の参考になるように、という考えがあった。全体的な動向というものを知っても、自分で小説を書くときの役に立つものではないからである。

いまのような時代だからこそ、小説を書く者の立場で、他人の小説に立ち入って読むことの意味があるはずだ。私はそう信じて、作品ひとつひとつにこだわって読んだ。時代の動向といったものとは直接関係なしに、一篇の小説としてのよしあしがおのずから浮かびあがるような読み方を心がけた。当然、その新しさに驚いたり、才能にうたれたりすることはあったが、読者としての不満が強く出ることも多かった。

不満は不満として、なるべくはっきり述べることにした。それはジャーナリスティックな時評家の辛口批評といったものではなく、自立した一篇の小説に対する一読者の不満のことばである。そういう読者のことばは、書き手のほうへまっすぐ返っていくはずのものだと思う。小説を書く側としては、読者とのあいだにどんな事態が生じているか知らなければならない。多少きつい調子の評語があったとしても、作者が十分受けとめられるものになっていればいいと願っている。

辻原　登「村の名前」

一九九〇年度上半期の芥川賞受賞作である。

いまという時代がよく出ているという作品ではない。むしろ、いつの時代にもありうる一種の文学性が濃厚である。この小説の文章も、文学から、特にいわゆるマジック・リアリズム系統の翻訳文学から、直接出てきたような趣きがある。精力的だが、雑駁で、乱雑な印象を与える。その雑駁さ、乱雑さが、いまの社会を感じさせるのではなくて、作者を養ってきた文学を感じさせるのである。

中国という材料に、いまの時代らしさがあるかもしれない。社会主義の扉がひらきはじめて、日本人が仕事で奥まで入りこめるようになった現在の中国が扱われている。

乱雑な叙述がくだくだしいので、なかなかていねいに読んでいけないが、中国という材料に惹かれて読みすすめる。若い商社員が取引先の男と中国の奥地へ畳おもて買いつけの商談にいく話で、その奥地の村の名前が桃花源村である。その設定がおもしろい。陶淵明ゆかりのそんな名の村が実在し、商社員としてそこへ入りこむような経験が実際にあったのかもしれない。

たしかにいい材料にはちがいない。私は材料と設定のおもしろさに惹かれて、それがどう生かされるか、期待をもって読みすすめた。そして、結果はというと、期待は十分に満たされなかった。

こういう小説は、何よりもまず、中国という国をよくわからせてくれなければいけない。商社員が奥地へ入っていくのであるから、彼の動きとともに、中国という未知の世界が、その土地と人間が、目の前にひらけていくように語られなければならない。読者も商社員とともに旅がしたい。それも「桃花源村」への旅だというので心がはやる。だが作者は、読者をたくみに中国の奥地へ連れこもうなどとは考えていないように見える。そのための配慮も余裕もなくて、ごたごたした説明がつづく。読者は桃花源村が見たいばかりに我慢してついていく。

だから、桃花源村にたどり着いたところの書き方が大事である。そこはこんな文章になっている。

どうにかトヨタのヴァンは進んだ。道はうねりくねり、上ったり下ったりして、やがて深くて狭い、岩肌が剥きだしの切り通しを抜けたとたん、眼前が明るく開けた。村だった。だらだら下りの急坂の下に、小さな蛇行する川があり、そのはずれに三百戸ほどの集落が見えた。中国の他の僻村と何の変りもない眺めだ。

まずつまずくのは、「中国の他の僻村と何の変りもない眺めだ」というところである。いまの中国の僻村を知らない読者には見当がつかないだけでなく、たぶん知っていてもよくわからないだろう。少しは見当をつけようとほかのことばを探すと、「小さな蛇行する川」の「はずれ」にある三百戸の集落が「明るく開けた」とある。「小さな」とか「明るく」とかがどの程度のことなのか、日本とは違うはずの眺めの規模がわからないので、依然あいまいなままである。車がおりていく坂の大小で眺めの規模の見当がつくかもしれないが、「だらだら下りの急坂」では何のことだかわからない。川の「はずれ」もわからないが、三百戸の集落というのも、家のつくりが日本とは違うはずだから、どのくらいの大きさの村の眺めを想像すればいいだろうか。一見達者に滑っていきながら、じつは何も語っていない文章だといわざるを得ない。

この少しあとにも、「村全体は、岐阜あたりの山の寒村といった感じで、なんの変哲もない」と、同じいい方がくり返してある。この村と主人公の故郷を重ねようというもくろみがあって岐阜が出てくるのだが、あまりに大ざっぱで小説の文章のようではない。商社マンの旅行記や外国レポートの雑な文章で小説を読まされたらどこまで我慢できるだろうか。

そんなわけで、「桃花源村」に興味をそそられてそこへうまく連れこんでもらいたいのにスムースにいかず、不満がたまってくる。表現がこまかくならず、的確にならないという文章力の問題と、もうひとつ、肝心の商社員の設定があいまいで、前半は単なる視点人物（と見える）、後半は主人公、というふうに変化し、ついていきにくいという問題がある。はじめは無味乾燥だった商社員が、いつの間にか甘美な幻想世界の主人公になってしまうのである。

村の世界が幻想的になりはじめると、文章も白熱してきて、面白味が出てくる。だが、同時にそこから疑念もふくらんでくる。作者は共産党の管理による現在の村を語って、中国という国を「警察国家」だともいうが、そこにあるのは中国へ商売をしに行った人間の平板素朴なリアリズムで、何の深みも強さもない。問題は、肝心の幻想的なものが、そこから安直に出てきているらしいということである。「文学」の必要から「幻想」が作り出されているように見えるのである。現代中国社会を西側の一小説家の恣意で歪めているだけではないかという疑念を一掃してくれる力は、この小説にはないように思える。

作者は現在の桃花源村に、神話的な仙境や、中国社会の「古層」や、日本人の主人公の故郷を重ねている。それらを重ねることで物語を生み出そうとしている。だが、いまの中国へ行って戸惑いながら古い社会を幻視し、ほとんどふるさとのようにも思い、由緒ある名前に心を動かされるというのは、日本人にとっていかにもありがちなことではないか。そのような型通りの反応以外に、作者のほんとうの体験が何かあったはずではなかろうか。

中国の材料ということでは、戦前の上海を扱って、上海のことが何ひとつわからないような映画を見たことがあった。「ジャズ・エイジ」といったはやりの観念と、少しも本気でない懐古趣味ででっちあげたものにすぎなかった。私は「村の名前」を読みながら、似たような疑わしさに悩まされて愉快でなかった。

河林　満「渇水」
荻野アンナ「スペインの城」

辻原登「村の名前」がのっている「文学界」六月号に、河林満「渇水」と荻野アンナ「スペインの城」ものっていて、三つそろって芥川賞の候補作ということになった。河林の作は文学界新人賞を受賞している。

河林の「渇水」は、水道料金未払いの家へ水を止めにいく市の職員の目で、ある崩壊家庭の悲劇をとらえたものである。職員岩切がその家の幼い姉妹二人と話しながら水道を止め、一緒にアイスキャンデーを食べる最初の部分は、挿入されている姉妹の父親を語った部分に不自然なところがあるのを除くと、ほぼ完璧にうまくいっている。市の職員の立場でどこまで親身になるべきか悩む岩切は、彼自身の家庭も妻が娘を連れて実家へ帰ったままなのを思わずにいられない。彼の家もまた、姉妹の家と同じような川の土手下の借家である。彼は「水と空気と光はただでいい」彼と思う気持ちをおさえきれないところがある。

だから、料金滞納がはなはだしい家を機械的に停水してまわっているようでも、停水を決めるに際して彼の気持ちが働いてしまうことがあるのだ。たとえば、まるで理不尽な、お話にならない相手のばあい、彼は「ああいうのは、止めても止めなくても、同じことだよ」と思う。逆に、どこかで共感してしまう相手のときは、「あの家はいちど止められたほうがいいんだよ」と思うのである。つまり、後者のばあい、そういう思い方で彼は知らず知らず相手の生活に立ち入っていくわけである。

市民とのそのようなかかわりが、この話では悲劇を生む。岩切が気にかけていた幼い姉妹は、彼が水を止めた翌々日、二人だけで鉄道自殺をとげる。市の水道部には刑事がやってくる。

これは私の読み方で、実際にそう読めるように書いてもあるのだが、書き方は必ずしもすっきりしていない。姉妹の家の水を止めるまでの最初の部分のあと、ややごたついてくる。さまざまな滞納者とのやりとりや岩切の鬱屈と気晴らしが書かれるが、最初の部分ほどうまくない。短篇小説としてはこのへんの緊張が大事で、長くなりすぎてゆるまないほうがいい。

いつも地面と水のにおいを嗅いで汗まみれになっているような、市の水道部職員の生活感覚はたしかに伝わってくる。が、ここでは岩切の日常に筆をついやすより、彼が気にかけている崩壊家庭について、もっと語られなければならないであろう。彼がその家庭へかかわっていく気持ちももっと追えるはずだ。

岩切は姉妹の母親と「一、二度」会っているのだが、彼女はどんな女性なのだろう。「うちはふつうのうちではないのです」と「すいどうやさん」へ置き手紙をするというのが唯一の手がかりで、作者は彼女のことをそれ以上語ろうとしないのはなぜだろう。父親についてはもう少しくわしいが、さきに述べたようにやや不自然で、落魄の姿が型通りという印象を受ける。

書くべきことから目をそらさない、という強さが必要である。短篇小説の緊張もそれによって支えられるはずだからだ。直接書かずに示すというようなことを考えてしまうと、往々にして作品がゆるむ。「渇水」の岩切は、姉妹の家の水を止めるとき、家中のあらゆるものに水を溜めさせた。あの水はどうなっただろう。二日後に姉妹が自殺をしに出たとき、両親の帰らない家にまだあの水はたくさん残っていたのではなかろうか。読者はそんな想像をもっと広げたい気になるが、その方向へ作者がついてきてくれないのが残念である。

荻野アンナ「スペインの城」は、女性作者のものだが、男を主人公にしてある。彼は飲み屋で出会った「魔法を使う『おひめさま』」のような中年女と二、三度関係をもつが、彼女はかってフランス遊学時代にむこうで会ったことのある女ではないかという気がしてくる。そのうち女はまたフランスへ行ってしまい、消息を絶つ。男は彼女の正体を求める探索の「旅」をはじめる。

友人たちの話から明らかになった彼女は、幼いひたむきな留学生活の結果、すべてを失った女だということのようである。「若さ」も「おとこ」も「ぶんがく」も「がくもん」も、そして「欲望」さえも、指のあいだからこぼれ落ちてしまったのだという。何はともあれこの小説で「書くべきこと」はそのことである。が、作者は何も書いてはくれない。書いてあるのは、彼女が透明なほどの虚しさを見せるとか、「泉のほとりで渇く女」であるとかいったことだけである。「スペインのお城（砂上楼閣）の女城主」ということばもある。何だか小説を読んでいるとは思えない、狐につままれたような空虚さである。作中のことばを借りれば、これが「ベルばら」の舞台というものか。

宝塚の舞台だから、男が性交の最中にしっかり目をつぶったり、目をあけているときは「頭上のシャンデリアが、核分裂を起こ」したり、「壁のペイズリー柄が歌いはじめ」たりするのかもしれない。男が試みる「彼女への旅」なるものがこの作の意匠になっているのも、小説というよりむしろ少女劇にふさわしいようである。

欧米で魂を抜かれたように空っぽになる日本人は無数にいるであろう。そういう人間が中年になって日本の飲み屋でどんな姿を見せるか、それだけでもちゃんと書ければ、小説になるであろう。ところが、最初に出てくるその飲み屋の場面がいかにもまずいのである。

ここは大事なところで、飲み屋のおかみと常連客の関係から女主人公の姿を見せていくのが常套手段でも、その常套的な書き方に本気にならなければなるまい。ここがうまく書けなければ先へ行くのはやめるというくらいに考えないと、こんな場面は皆うまく書いた昔の作家たちに申しわけがない。

ところが、作者はそんなふうに腹を据える代わりに、浮わついてしまう。ふわふわと酔ったようになる。夜の飲み屋では「周囲に光る花粉のようなものを撒き散らし」ていた女が、昼間会うと「夜中の十二時を過ぎて惨めな娘に戻ってしまったシンデレラ」のようだなどと書いて平気でいられるのはどういうわけだろう。

流れすぎるいい加減な文章は読みたくない。この作者は、文学性濃厚な真面目な書き方を茶化そうとするところがあるのだろうが、それで何が書けたかというと宝塚的少女劇にすぎないのなら、読むほうは二の句が継げなくなる。「うまく書く」のもいやだなどとは言ってもらいたくない。本気の仕事でなければ一文の価値もない。

「スペインの城」は、はじめの飲み屋の場面で読むのをやめる決心をすべきだったのに、自分が甘くて損をしたと思った。

小川洋子「妊娠カレンダー」「冷めない紅茶」

まず、今期（一九九〇年度下半期）の芥川賞受賞作、小川洋子「妊娠カレンダー」を読む。
妊娠中の姉の出産までを、大学生の妹が語る体裁の日記体小説である。最初の読みどころは、ノイローゼ気味の姉のつわりを書いた部分だ。においに対する過敏さが異様で、姉は家中のあらゆるもののにおいが容赦なく自分を犯しにくると言って泣く。次の読みどころは、そのつわりが唐突に終わって、姉が猛烈に食べはじめ、「彼女の存在そのものが、食欲に飲み込まれてしまったように」なるところである。姉は「呼吸するように休みなく、ものを飲み込み続ける。」

そのほか、超音波撮影の写真が、凍りついた夜空に雨が降っているように見える、というようなところに、この作者の感覚が惹きよせられる（あるいは一般にいまの若い世代らしい）好みの世界をうかがうことができそうである。

わたしはそらまめ型の空洞に目を凝らした。夜を濡らす霧雨の音が聞こえてきそうだった。その空洞のくびれた隅にひっかかっているのが赤ん坊だった。それはもろい影の塊で、風がふくと夜の底へはらはら舞い落ちていきそうだった。

ところで、この作者なりの世界がどういうものか、作品のつくり方から見てとることもできるであろう。まず冒頭、姉がはじめて病院へいくところで、姉妹の幼いころの記憶が語られる。姉はむかし庭へ入りこんで遊んだ個人病院で出産しようと「子供の頃から」決めていたのである。この小説の末尾も、かつての遊び場である病院へ妹が庭から入っていき、「放課後の理科室のような診察室をのぞき、遠い新生児室から聞こえてくる姉の赤ん坊の泣き声に耳をすます、ということになっている。

何かをつくり出そうとすると、作者は幼年期へ退行したがる気持ちを探らなければならないのかもしれない。その結果生まれた世界は、成人した女性が赤ん坊を生むとき、幼年時代の記憶にもう一度包みこまれる必要があるというような、つまり子供に立ち返らなければ子供が生めないというような、少女の甘さに満ちた不思議な世界である。

この小説の姉と妹は、すでに両親のいない家で、お互いに癒着したような共同生活を送っている。姉の夫はいるが、平凡で無力なつまらない男で、姉が頼りにしている精神科医がまた「平凡なあやふやな顔の中年男性」である。作者は姉妹を相対化する他人を書かずにすますためのように、わざとそんな説明を加えている。姉の夫の両親も出てくるが、これがまた型どおりの影のような大人たちである。この小説では「おとこ」も「おとな」も影のようになっている。

そして話は姉妹の心の世界だけで進行する。二人が癒着的であれば、やがて相手に対する悪意も生まれなければならない。妹は発癌物質に汚染されているというアメリカ産のグレープフルーツのジャムを毎日作って姉に食べさせる。妹はそのジャムによって染色体を破壊された赤ん坊が生まれることを期待する。……というふうに話は進むが、そこのところは単純すぎて、マンガのようで、作者自身があまりに子供らしく感じられる。

ついでに同じ作者の「冷めない紅茶」も読んでみた。こちらもはじめから「小学生の頃」「もっと小さい頃」といったことばが続出する。「子供の頃」を連呼しないと小説ができてこないようなところがあるのにちがいない。「わたし」は「中学生の頃」の男のクラスメートの死のあとの「神聖な気持ち」のなかで、別のクラスメートとその妻とつきあう。「ありがとう」とか「ごめんなさい」とか「おやすみ」とか、翻訳小説風の挨拶ことばが頻出し、「悲しくなるくらい、いいやつだったよ」とか、「わたしをうっとり気持ちよくしてくれる優しさ」とかいったことばで他人が説明される。それをもっと敷衍して、「一緒にいる楽しさよりも、いないつらさでその人の大切さが胸にしみる時、わたしはその人を特別に愛することができる」といった無意味な説明や、「人を愛することがどういうことかきちんとした形で表わしたい時、その瞳を思い浮かべればいいと思う」といったひとりよがりな感想になることもある。そしてそこにとどまっている。

これでは何を書いたことにもならないであろう。好ましい男がていねいにいれてくれた紅茶が一向に冷めない、というところから表題が出ているが、それは「ぬるい紅茶はきらい」とだれもが言う生活の場の決まり文句のレベルのもので、この作全体に読みどころがほとんどないことを表題がよくあらわしているように思う。

前回の芥川賞候補作であるこの「冷めない紅茶」にくらべると、「妊娠カレンダー」はたしかによくなっているのがわかる。そのような一歩の差がはっきりあれば賞はもらいやすい。小川さんは順を追ってうまい具合に伸びて、選考委員に賞を決めさせてしまったのであろう。文章も「妊娠カレンダー」では散文として落ちつきのいいものになってきている。そこは十分評価に価すると思われる。

それにしても、今度は選評も全部読んで、一種の感慨があった。選考委員たちは皆が皆、じつにていねいに、手をさしのべるような調子で語っている。子供に対してシニカルになることを自らに禁じている母親のようなやさしさが共通している。無愛想な「文学の鬼」たちがシニカルに語っていた時代から、はや四半世紀が過ぎているのである。

辺見　庸「自動起床装置」「ナイト・キャラバン」
荻野アンナ「背負い水」

半年留守をしてから、帰ってまた芥川賞受賞作を二篇読んだ。一方の受賞者辺見庸《へんみよう》氏のものは、受賞後の短篇「ナイト・キャラバン」と一緒に読むことにした。

受賞作は「自動起床装置」という題になっているが、この「装置」自体、特におもしろいというものではない。眠っている人を機械の力で起こすものとしては、ふつうの目覚まし時計のほかにも、難聴者用の揺り動かし型の時計があって、この小説に出てくる「装置」もその延長線上のものらしい。それは蛇腹ホースのついた四角いゴムびきの布袋で、敷蒲団の下に敷いてタイマーを使ってふくらませるようになっている。

なぜそんなものが必要かというと、通信社の社員が泊まりこむとき、起床時間がまちまちになるので、音をたてずに当人だけを起こす必要があるからである。もともと人間の「起こし屋」が一人一人起こしてまわっていたところへ、その「装置」が入ってくる。

この話のばあい、「装置」とその導入といったことは、それだけでおもしろがれるというものではない。むしろ、もっと平凡な人間の「起こし屋」というものが、小説世界をふくらませるおもしろさをもっている。だから、「自動起床装置」という題をつけると、結果は多分に計算違いのようなことになってくる。話の焦点がずれてくるからである。

「起こし屋」はアルバイト青年たちだが、彼らは通信社の社員たちの眠りを外から眺める立場にある。人の眠りというものが外から見ていかに興味深いかがくわしく語られる。そこがよく書けているのがこの小説の値打ちである。何十人もの男たちが熟睡するとき、どんな音を出し、どんな臭いを発し、何を叫ぶかがリアルに書かれている。眠る人間に植物のイメージを重ねて、ひとつの生物として見る見方が強調されているのもわかりやすい。

だとすれば、この小説は、そこを読みどころとして最も効果的に生かすように組み立てるべきだということになる。「起こし屋」という立場の青年が、他人の眠りにかかわって、エロチックな共感さえ示すようになるとすれば、そこから小説世界がふくらんで、「自動起床装置」はむしろあってもなくてもいい、ということになるにちがいない。「装置」導入の経過や、眠りに機械を介入させることの「罪深さ」を語った後半部分が、いかにも長く感じられる。小説を読む楽しさが次第に失われていくのである。

単に計算違いというだけでなく、もっと基本的な問題があるように思える。この小説では、眠っている人間は生きているのに、目を覚ましている人間はうわべがわかるだけで、生きた感じがしない。たとえば守衛の「惣之介さん」は、「林檎をまるごと一個くわえさせられる拷問をうけているみたい」に大口をあけて、「井戸の底から」「ない水をくみあげようとする音」に似たいびきをかいて、強烈な「物質代謝のにおい」を発して眠っている様子がなまなましいが、話の終わりに心筋梗塞で死ぬ（?）ことになる重要人物なのに、起きているときの姿は何も書かれていないに等しい。

もう一人の重要人物、「起こし屋」の聡については次のように説明される。

よくみるとすごくハンサムなのだ。鼻がツンと尖っていて涼しい面だちをしている。が、首が細い。その分、頭が大きくみえる。

こいつはこどものころクラスでずいぶんいじめられたろうな、というのがぼくの第一印象だった。色白で首の細い生徒はまちがいなくいじめにあう。でも、しばらくつきあったら、聡というのは、いじめからもいじけることからも、いつかどこかでスコーンと上手に抜けでた男に思えてきた。……

寝ていない人間の書き方は総じてこの調子で、週刊誌でも読んでいるようで、退屈してしまう。聡は眠らない立場の人物だから、どうしても眠る人間をとらえるのとは違う書き方が必要になる。そのために手腕を発揮しなければならないところである。聡の女友達が出てくる場面や、語り手の「ぼく」との関係がおもしろくならないのも、起きている人物が書けないからだということになるにちがいない。

「ナイト・キャラバン」のほうは、日本人の男がヴェトナム人男女とハノイ近郊のホテルへ闇夜をシクロに乗っていく話で、おもに闇の道中が語られる。日本人が若い娼婦を買って、遠くのホテルへ案内されていくところなのである。この話も、目を覚ましている人間というより、眠っている人間を書いているようなところがある。「ひどく暗くて、風がぬるぬると生温かい」夜、「空気はなにか甘くもあり生臭くもあっ」て、「クジラの胃に棲みついた、目のない寄生虫になったような気が」するというのだから、眠りの世界と同じようなことになってくる。

ホテルに着いて、四人相部屋で眠り、日本人が目覚めて、花弁のなかに蛍を入れた青い花が発光するのを娼婦と眺める最後のところはいい場面だ。が、短いものなのに全体にゆるんだような調子で、どこか中途半端で腰が据わらないために無駄が多いようなところが「自動起床装置」と共通している。「蛍を入れた青い花」をちゃんと生かせる文章が欲しいと思う。それは同時に、眠っていない人間と人間関係が書ける文章ということにもなるであろう。

荻野アンナさんの受賞作「背負い水」は、前に悪口を書いた「スペインの城」よりはずっとよかった。あの小説のような、読む端から舞台裏がのぞいてしまう、興味索然たる印象は「背負い水」にはなく、密度の薄いスカスカでもなくて、作者なりの緊張感が感じられる。

それにしても、読みすすめながら、この文章を二度読むことはできそうにないと思った。作者はともかく小説をおもしろがってもらいたくて苦労しているのだが、もしこれを再読したら、おもしろそうな表面がポロポロ剝がれて、あとには興味の持ちようのない裸が残るだけではないかと思わずにいられなかった。

たまたま、高校生の小説コンクールの選考の仕事をしていたので、これはいまの高校生の書く世界と同じだとも思った。女子高校生の才気を二十年近くもかけて洗練させた結果がここにある、というふうに思った。

基本的に、思春期と変わらぬ過敏さから才気がはじける。かなり常識的な、ほとんど処世的なレベルの感想がつながって出てくることも多い。そういうところは当然ゆるんだ文章になる。


はるかちゃんは「子供みたいな無邪気な人」だという。一定年齢を過ぎて無邪気に振る舞えるのはスゴイと思った。才能というものだろう。

財布だけ「自立」した女は、見方を変えれば男にとって重宝な女ということになる。重宝な女より「ありがと」の女の方が「純愛」の対象になるのは、考えてみれば当たり前のことだった。

世の中間違っとるよー。誠に、遺憾にィ、存じます。思わず、歌ってしまうのだった。

常識的なのはこの小説の女主人公の性質でもあるらしく、そこから一種のけなげさが出てきて、それが読者サービスにもなっている。「フェミニズム」には関心がないが「女であることに甘える才覚も欠落してい」て「男に関してはゼツボー的にトンマ」な、つまり「色気」のない三十くらい（?）の娘が、三人の男とのかかわりで心理的に七転八倒する話である。

その七転八倒を楽しむのは必ずしも楽でないので、私は未熟な女主人公の色気ないトンマな性質を、ちゃんと表現してみせてほしいと思う。処世的レベルの説明だけですましてほしくないと思う。廃屋のような洋館にひとり住む彫刻家の父親にしても、マンガのようでも少女小説のようでもない人物の姿を見せてほしい。

この作者がしばしば試みるらしい小説論的小説のクセから半端仕事になってしまうのかもしれないが、それでは結局つまらないではないか。作者も読者もくたびれもうけに終わるとしたら残念ではないか。

松村栄子「至高聖所《アバトーン》」

一九九一年度下半期の芥川賞受賞作。私にはなぜこれが受賞したのかわからなかった。丸谷才一氏が、他の選考委員の「推奨の言葉を聞きながらただ驚いてゐた」とひとこと述べているのに賛成である。特に長くはないのに、私は読み終えるまでに何度も中断しなければならなかった。文章が読みにくかったわけではない。逆に、サラサラした滑りのいい文章で、読む苦労はあまりいらない。いまの若い女性作者のなかには、何でも伸び伸びすらすらと書いて文才を感じさせる人がいて、松村さんもそのひとりであろう。

筑波を思わせる新学園都市のキャンパス小説である。はじめ、農村地帯に突然出現した人工的学園都市の奇妙な現代性をとらえた小説になるのかと期待させるが、そうはならない。大学の立地条件を語った書きだしの文章が粗いので、はらはらしながら読むと、案の定、その立地条件から生じるものの性質をうまく示してくれるということにはならない。そんなふうには展開しない。その代わりに、読者は新入生の女子学生の、多分に幼いところのある心の世界を知らされる。語り手の「わたし」の、受験から入学式、寮生活、夏休み、学園祭等々の経験が、順を追って語られるのである。なぜそんな芸のない語り方になるのだろう。

「わたし」は受験にきた雪の日に新大学が気に入ってしまう。「威厳ある建物」の並ぶ石の世界の「ピュアで乾いた物質性」が好きで、「国内でも一級の施設を整えた研究所」を見ると「意欲を鼓舞され」感激する。はっきり書かれてはいないが、そこへ入学できた人並み以上の頭脳をもった似たような学生たちと同類意識で結ばれていく。「わたし」はそんな単純素朴な田舎出の女子学生である。

だが、漱石の「三四郎」よろしくその地方出身学生が生き生きと相対化されるかというと、そうではない。友達になった女子学生二人がほとんど描かれず、いつまでも影のようで、同類意識のやりとりだけがくり返し書かれるのである。男友達の書き方もとても甘い。もう一人、寮で同室になった奇妙な子がいて、母親が死んだあと三日も眠りつづけたりするが、この人物はひととおり描かれている。これは昔からある学園ものの「不思議な転校生」(異世界からの闖入者)タイプの人物である。人物のその性質が十分生かされればもっとおもしろくなったにちがいない。

次に文章を二箇所あげてみる。小説として読むとつまずく箇所である。

千秋はワンダーフォーゲルのサークルに入り、葉子は二毛作よと言いながらテニスとスキーのサークルを物色した。テニスもスキーもそれぞれにたくさんのサークルが並存しているようで、彼女はその中からひとつを選ぶことがなかなかできない。明るい雰囲気を選ぶのか都会的なセンスを選ぶのかあるいは恰好いい男性の存在を選ぶのか、方針も決まらず右往左往し、千秋とわたしはすっかり呆れて池のほとりに腰を下ろした。……

ボランティアをしている真穂によれば、ここには数百人の留学生が棲息しているらしかった。闇の中から突然現れる漆黒《しっこく》の肌やまったく目立たない顔立ちなのに口を開くやいなや意味不明の音声を発する人々の存在にはもう慣れた。彼らの存在や彼らの言葉は、清掃にくる老人たちの存在や言葉同様にするりとわたしの皮膚をすり抜けていく。すり抜けるときのなめらかさだけが日々増していき、いまでは摩擦係数はゼロに近い。

この程度のことをサラサラ書き流して小説だといってほしくないという気持ちがどうしても起こる。

この引用文にある「摩擦係数」ゼロのなめらかさというものは、「わたし」の愛してやまないものだ。そのため「わたし」は「鉱物研究会」に加わり、鉱石をいじって暮らすことになるのだが、一種無機的な学園都市の環境を自分のものにしていく若者の心は、わかりやすく表現されているといえるかもしれない。

だが、その心の世界も多分にひとりよがりで趣味的なものにすぎなかったことが、「わたし」の家族とのかかわりを語った部分であきらかになる。つまり、心の世界の弱さが露呈されてしまう。「わたし」は家族関係の猥雑さ、なまぐささを切り捨てたつもりでいながら、家族（および自分の幼少期）を失うことには結局耐えられず、不眠症になってしまうのである。

人間関係の猥雑さから離れて摩擦係数ゼロの世界に生きたいとは、若者が判で押したようにいうことである。そのパターンを脱するためには、鉱物愛好のテーマをもっと深めなければならないが、それが不十分なために、作の後半で「わたし」のひとりよがりな世界は他愛のない混乱を呈することになるわけである。

この小説を読むと、現代的学園都市は、未熟な少女たちの少女性をもっぱら純粋培養するためのぜいたくな施設だというふうに見えてくる。三十歳の作者が才気をはたらかせて繰りひろげるのは、そのような少女性の世界である。ひょっとすると、今の日本社会全体が、少女性の純粋培養にはげんでいるのかもしれず、選考委員の半数以上はたぶん世の大人たちの意を体して作者の仕事を評価したのであろう。

少女性ではなく、少年性の純粋培養に国全体がはげんだ時代がかつてあった。少年性が「お国のために」利用されたわけだが、それならば少女性はいま何のために純粋培養されているのだろうか。

私は「至高聖所」を読みながら、昔の海軍兵学校入校の話なんかと結局同じではないかと思わずにはいられなかった。猥雑な世間から切り離され、栄《は》えある江田島の純粋かつ硬質な空気のなかで制服に短剣をつけて感激するのと、人工的学園都市の「ピュアで乾いた」石の世界で「一生ここにいてもいいと思う」のとは、ほとんど同じことではなかろうか。

ともあれ、この小説がそんな印象を与えるとしたら失敗なので、これをもっともっと練り直して、芸術的に昇華させる必要があるわけである。まだとてもそこまで行っていないナマな作品に早目に賞を与えてしまうのも、いまの世の大人らしさというものかもしれないと思う。「いま」を痛感させられる気がする。

魚住陽子
「公園」「雪の絵」「別々の皿」

魚住さんは、私の池袋の教室の同人誌「こみゅにてぃ」にのせた「静かな家」で芥川賞候補になり、「奇術師の家」で朝日新人文学賞を受け、今年第二作品集「雪の絵」が出て、注目されている人である。今回の三島由紀夫賞（該当作なし）には、近作「公園」が候補になっていた。惜しいところだった。

「公園」は、五人の人物による語りを組みあわせた一種のオムニバス小説である。少年野球のコーチ、草刈りボランティアの中年主婦、脚を怪我してリハビリ中の青年、女流推理作家、公園を見おろすマンションに住む老女、の五人の視点が代わる代わる出てくる。彼らがそれぞれ気にかけているのは、毎日のように公園へ来る謎の美女「あの人」のことである。目立つ格好をしてじっと人々を見ている正体不明の女が、お互いに関係のない五人のばらばらの語りをつなぐ役を果たしている。

　そんなつくりなので、この小説は「謎の女」をどう生かすかがポイントになりそうだということがすぐにわかる。読者はそこに目をつけて読んでいく。もし女の正体不明性が意味をはらんでふくらんでくれば、おそらく小説は成功するはずである。話が進めば進むほど、女の存在が大きくなって目が離せなくなる、というのが読者の望むところであろう。

　五人の語りは、日常生活の細部にいちいちこだわるものになっている。現代の消費社会に生きて、ものごとの小さな差異にひたすら反応しつづける人間の日常世界がリアルに浮かぶ。スタイルとしては、アメリカの作家に学んだと思われるミニマリズムが、自分のものになってきている。書き方を見よう。


「ねえ、見て。また来てる」

　金井さんに乱暴にこづかれて、私は競技場の柵の方を見た。あの人だった。今日はシャツにキュロットスカートという格好だったけれど、あの人だということはすぐにわかった。

「あたし、なぜあの人がここにいるのかわかったわ」

「なぜって。意味があるわけ？」

　私は思わず草をむしる手を止めた。マニキュアをしていない爪に昨日の雨で湿った泥が詰まっている。どの指の腹も和紙のようにごわごわしていて、草の汁のいやな匂いがする。最近、朝夕のむくみがひどいので指輪などもしていたことがない。誰からも大事にされていないと一目でわかる不格好な手を眺めた時、味わい慣れた憎しみが身体の中に溜ってくるのを感じた。

（略）

「ねえ、聞きたい？」

金井さんが私の目の色を伺うようにすりよってくる。饐えたような体臭がぷんと鼻についた。

「聞きたい」と言ってしまえば、多分私の身体からも彼女と同じ匂いが漂うのだろう。

総じて、女性人物の語りのほうが生きているようだ。男の視点で語る部分も決してダルではないが、少し落ちる。密度が比較的薄い感じになる。

さて、この小説は、五人の人物の日常が、多少超越的な別の目に見おろされている関係から何かが出てくるのではないか、という期待をいだかせる。が、読みすすむにつれて、期待は満たされそうにないことがわかってくる。一見若妻ふうの謎の女「あの人」は、小説の前半では、外国人のような、子供のような、鳥のような、樹木のような、つまり五人の語り手の日常世界の外に立つ別種の存在として、意味をもってきそうに思える。ところが後半になると、「あの人」はむしろふつうの、単なる隣人らしさのなかにひっそりと収まっていくように見える。つまり、語り手たちの日常的関心の範囲内へ、些小な差異をあらわす対象のひとつとして、無事に吸収されていくように見えるのである。

前作の「雪の絵」のばあいも、同じようなことがいえるにちがいない。幼い姉妹と母親が、画家の父親を家に置いてドライブに出、温泉に泊まる。子どもたちは父親との縁が薄いだけでなく、孤独癖のある母親にも安心ができず、旅先で捨てられるのではないかと不安である。そんな旅が十歳の姉むすめの視点で語られる。

子供の世界を生彩あるものにするために作者が力を尽くしているのがわかる。その点、「公園」の五人の語りにゆるみがないのと同じである。

問題は、「雪の絵」でも、子供の世界の外へ出てしまう存在としての母親をどう書くかということである。親子は旅先の旅館で一人旅の男と知りあうのだが、そこから母親の別の姿が見えてくるといった展開が当然考えられる。男との関係で、母親の不安定さや不可解さや奇妙さがむきだしになるかもしれない。そんなふうに母親の像がふくらんで、そのへんが読みどころになるというような小説を読者は期待したくなる。ところが、男はよく描けていないし、大事なところでそそくさと消えてしまうので、話はあまり展開せず、期待は裏切られることになるのである。

これまで私は、最近の女流新人の少女趣味をあげつらうようなことを書いてきた。文学的想像力が書き手の幼児性から養分を得ていても一向にかまわないが、幼児性なり少女性なりをナマのまま麗々しく露出させただけの作品は、楽しく読めるはずがない。

魚住陽子の文学も、たしかに少女性濃厚といえるかもしれない。が、彼女の少女性は現代生活から意外にリアルなストーリーを引き出してくる。その関係がなかなか生産的で、いろんな話が次々にできそうに思われる。作品はどれもそれなりにウェル・メイドで安心でき、もっと腕があがるのを待ちたい気持ちにさせられる。あまり文句をいわずに待っていたくなるようなものがある。

昨年の芥川賞候補作「別々の皿」は、主婦の心理的飢餓感を食べものとの関係で語ったものである。過食症の話はいまでは珍しくないかもしれないが、日ごろの飢餓感や不満を解消してくれる「理想のマーケットが必ずどこかにあるはずだ」と思って買物にはげむ主婦、というとらえ方には独特なものがある。少女の過食症の話などにはないおもしろさが出てきそうな小説である。前半のやや心もとない少女風の世界からどこまで先へ行けるか、期待をいだかされる。

だが、読み終えてみると、多分に腰くだけの印象が残る。設定をしっかり踏まえて着実に展開させる、ということがうまくいっていないのである。家に客を呼んで何だかめちゃくちゃな鍋料理の夕食になる場面がいいのだか、展開が十分でないために、結局最後まで「おもしろくなりそうな話」のままである。夫が仕事先からもらってきた得体の知れない茸を鍋に入れて食うのに、結局何も起こらずに終わる。

以上の三篇はそれぞれ、単なる少女趣味の世界からもっと小説的な世界へ、自信をもってというよりおずおずと、にじり寄ろうとしていることがわかる作品である。どれもまだどこか危なげで、その分みずみずしい。ただ、文章に力がついてきていて、その力でナマな少女性のレベルが超えられようとしている。小説らしい小説が書ける人になるのではないかと思う。

佐伯一麦「ア・ルース・ボーイ」

これまで、男性若手の作品に触れる機会が少なかったので、昨年（一九九一年）私が留守をしていたときの三島由紀夫賞受賞作「ア・ルース・ボーイ」を探して読んでみた。佐伯氏は「海燕」新人賞でデビュー以来すでに十年近く書いている人で、「ショート・サーキット」で野間文芸新人賞も得ている。

「ア・ルース・ボーイ」は、高校中退の十七歳の「ぼく」が、同い年の少女幹とその連れ子の赤ん坊と一緒にアパートの三畳間で暮らしながら、新聞配達や電気工事の労働経験をつうじて、思春期の自閉と鬱屈から抜け出していく話である。

この小説を楽しむためのポイントは二つある。その一つは、「ぼく」の子ではない生後一カ月の赤ん坊をはさんだ幹と「ぼく」の関係の微妙さであり、もう一つは「ぼく」の経験する労働場面のおもしろさである。

特に労働の場面は、こまかく書けば書くほどおもしろくなるという性質のもので、細部がいちいち生きていて、惹きこまれる。

「ぼく」は市役所関係の電気工事の下請け業者沢田さんと一緒に街灯を立てたり、電柱や給水塔や天井裏へ登ったり、マンホールにもぐったりする。はじめて沢田さんと知りあったときの、ひとり公園で働いている沢田さんの姿を描いた部分も、街灯の電球ひとつ交換するのにどういう手順で何をどうするかがくわしくわかる書き方になっている。そこがおもしろい。

マンホール掃除の場面も、「ネズミ」という掃除棒が長い配管のなかを走るさまが愉快だ。穴を掘って街灯を立てる場面では、コンクリートの柱を二人がかりで穴に滑りこませた瞬間、うまく直立して、「わずかに傾いている柱の先端が、まぶしい夏空を指」す。感電の経験はこんなふうに書かれる。「一本の電線と化したぼくの身体を、まったく異質のものが荒々しく通り抜けていった。そのときほど、心臓のありかをはっきりと感じさせられたことはなかった。」

もう一つのポイント、「ぼく」と幹の関係は、幹が生んだだれかの子供を「ぼく」が一緒に育ててやるという関係で、同棲はしているが、性関係はできてこない。一緒に寝てもセックスができない若者はいまどき珍しくないので、こういう設定もともかく自然に受けとれる。赤ん坊の父親がいつ母子を取り戻しにくるかわからないから、その点でもなかなか微妙な関係である。

以上の二点がおもしろいのがこの小説の取柄なのだが、作者はそのほかに、思春期の「諸問題」を愚直に書こうとしている。セックスができない「ぼく」の精神的外傷《トラウマ》や、地方都市の有名進学校の空虚さや、教師への反抗や、有名校中退者の具合の悪さなど、いちいち書かれている。私にはその部分が読みづらくて、単に長すぎるというより、むしろまったく不要だという気がした。作者は、十七歳の少年の物語を書くのにそんなものが必要だと思ってしまうところにまだいるのであろう。

そのような未熟さが、話のクライマックスのところでも露呈されて、次のような文章になっている。幹とようやく性交が可能になる場面である。

梢子（赤ん坊）の泣き声が高まっていく。それを聞きながら、ぼくはハッと思う。ぼくは、おまえの父親だ、と。そしておまえの母親を犯している。

いつのまにか、梢子は、ズンズンとずって、窓際の壁に頭を打ちつけている。赤ん坊の梢子は、かつての自分だ。自分が自分を見ている。そう感じたそのとき、ぼくは、鏡が割れる音をはっきりと聞く。ずっとぼくの痴態を映し出していた鏡が、いま毀れた。

ぼくは、幹のパンティーに手をかける。同じように、幹がぼくのパンツを脱がす。ぼくは、あらあらしく幹のなかに入る。……

これでは何ともまずいが、とくに毀れた鏡の比喩はあまりに安直で、俗に過ぎて、がっかりさせられる。

この話のばあい、ありきたりな思春期の問題を説明した部分を削ってしまえば、二百五十枚の小説が百枚になる。沢田さんという人物の言うことなすことがおもしろいから（特に古い「リーチ博士の育児書」をくれるようなところ）、彼にはもっと筆をついやすとして、それでも百五十枚まででおさまるはずだ。私はそうなったところを想像してみる。そんな百五十枚なら、何とすっきりした、いい姿の小説であることか。

十七歳の高校中退者という設定は、それだけで余分な説明はいらないはずである。同じ中退者の幹との関係も、なれそめやら何やら書かずに、説明抜きで、父なし子を育てる幼い協力関係として書いたほうがおもしろいであろう。「ぼく」がセックスできないことにも理由はいらない。赤ん坊の父親については説明されていなくて、その空白がよく利いていて、幹が姿をくらましてその男のところへ行ってしまうらしい結末はうまくいっているのである。

欲を出してさらにいえば、私は主人公を十七歳ではなく、二十歳くらいにしてほしかった。そうすれば、余分な思春期問題を書いてしまうことが避けやすくなるし、何より主人公の労働の経験がもっと深まるはずだからである。この主人公の経験は、まだほんの覗き見程度といっていいので、沢田さんとの関係も、労働力不足の折から大事に扱われて覗き見させてもらう、といった関係にとどまっている。だから、そちらのほうで話が展開することにはならず、沢田さんは途中で消えてしまうのである。

電気工事の仕事の世界は、いわば地下や屋根裏や壁の中の世界で、この世の目に見える現実を支えるもうひとつの現実世界といってもいいものだ。そこでの経験に豊かな表現を与えることは、現代の人間世界を絶好の角度からリアルにとらえることになるであろう。

それは小説家の仕事として、いまの若者の狭苦しい思春期を書くことなどより、はるかに手ごたえのあるものになるはずである。今回なぜか主人公を十七歳にした結果、その仕事が中途半端にならざるを得なかったことを残念に思う。

藤原智美「運転士」
吉目木晴彦「夏の谺《こだま》」

藤原氏のものはこの前（一九九二年度上半期）の芥川賞受賞作である。

これも若い労働者の生活を扱っている。主人公は地下鉄運転士で、いまのことだからいわゆる「労働者」の「生活」を古風なリアリズムで書くということにはならない。もっぱら機械を相手の労働で、人間関係はいわばあってもなくてもよく、巨大都市の交通システムを支える先端技術の世界の話だから、古い労働者文学のような書き方にはなりようがない。

それに主人公はまだ二十五歳、運転歴一年の新米である。仕事に習熟していないから緊張している。社会の役に立つということについても、まじめな心をもっている。運転に関する彼の「完璧主義」は、そのような緊張やまじめさと関係があるらしい。彼が帽子や靴を鏡のように磨き上げているのもたぶん同じことである。

一方、彼は機械類に対して、ゲーム少年風の奇妙に孤立した熱中ぶりを示す。無機的な世界へ入りこんで、人間世界のなまぐささから身を守ろうとするところがある。だから、彼の仕事ぶりは、機械類とかかわる私的世界をそのまま地下鉄運転の現場へ持ちこんだようなものになる。猥雑な人々と「光があふれたホーム」では運転席は死んだも同然だけど、トンネルに戻った途端にそれは生き返る」というふうに彼は感じ、トンネルの闇のなかの機械操作に熱中していく。その熱中ぶりは、無機的なものを逆になまぐさくしてしまうほどのものになる。そのへんの偏執的ディテールが読みどころになっている。

そんなわけでこれは、制服制帽で地下鉄運転士としての社会的任務をまじめに果たそうとする一面と、孤立的な私的世界にこだわろうとする一面と、そのやや分裂的な両面がおのずから読めてしまう小説である。

だが、そう読んでほんとうに楽しめるかというとそうではない。その両面がそれぞれ十分に書けているとはいえないからである。

まず前者の一面をいうなら、他の運転士や車掌の反応がもう少し出てきても不思議はないであろう。主人公は仕事にこだわって自己流の点検作業をくり返すのだが、それを見た別の運転士が、「こんなとこでなにやってんの?」と怪訝な顔で聞くところがある。主人公の勤務ぶりにはやはり奇妙なところがあるのである。オタクふう熱中型の青年の奇妙さは、人の目のなかではっきりするわけだが、作者は外から見た姿をほとんど書こうとしていない。

全体をつうじて、人物同士のやりとりにお互いのかかわりが少しでも感じられるのはそんな箇所だけである。会話は少なくないのに、単なることばを超えたやりとりの実質感というものがないので、会話は書くだけ無駄という感じもしてくる。

それなら後者の一面だけに読者の目を釘づけにできるだろうか。どうやらそれがうまくいかなくて、この小説は失敗しているらしいのである。主人公の自閉的幻想世界は、当然もっと豊かにふくらみ得る。都市の地下の無機的な世界で機械とかかわる経験が、そのまま何か夢幻的なものにもなり得るであろう。

主人公は「あやふやで余計なものが入りこむ余地」がない「明快な仕事」を求めて地下鉄運転士の仕事についたという。それは理科系の学生が昔からふつうにいってきた言い方と変わらない。その平凡な言い方から出発して平凡でない世界ができればいいが、最後まで読んで、そうはならなかったという印象が残る。たとえば、作中でくり返される下着姿の女が入った鞄という幻覚も、地下深くの車庫にどこからか入りこんだ巨大なコピー機のあやしさも、小説をうまくふくらませるイーストにはならなかったようである。

私は前回の芥川賞受賞作を思い出して、似たところがあると思った。松村栄子「至高聖所《アバトーン》」の女子学生は、人工的学園都市の一種無機的な環境を好み、猥雑ななまぐさいものに背を向けて鉱石愛好の世界に閉じこもったが、今回の若い運転士はなまなましい人間世界の地下にひろがる抽象空間に閉じこもる。前者は自分の大学に素直に誇りをもち、感激するので、私は昔の海軍兵学校生徒のようだと悪口をいったが、後者もまた地下鉄運転士の制服制帽を愛している。女子学生は作の後半でひとりよがりな世界が揺らいでノイローゼじみてきたが、運転士もまた次第に幻覚がひどくなり、「パーフェクト」な運転ができなくなる。

この運転士はやがて、人格崩壊への道をたどることになるのかもしれない。そして、崩壊しながらも、彼は敬礼の動作のようなものをしつこくくり返しつづけるのではあるまいか。

私はこの小説を、ともかく鉄道マニアが教えてくれそうな細部（地下鉄運転に関するこまかい事実）を拾うようにしながら読んだ。作者はたしかに事実をよく集めているからである。が、読み終えて多分に不足感が残ったので、別の人の作品を読んでみた。ほぼ同じころ「海燕」に出た吉目木晴彦「夏の谺《こだま》」である。吉目木氏は群像新人賞で出たあと、「ルイジアナ杭打ち」で野間文芸新人賞を得ている。

結果からいうと、私の不足感は「夏の谺」によってかなり癒やされた。それは主に文章の力によってであった。「運転士」は結局文章が弱かったことがそれではっきりした。「夏の谺」のほうはただ文章に導かれて先へ先へと読みすすむことができる。「運転士」にはまだその力がない。

青果市場の守衛のアルバイトをする大学生の何十日かの経験が語られるだけで、地下鉄運転の話といった人の意表をつくアイデアがあるわけではない。無機的抽象的世界を小説に持ちこんでいるわけでもない。が、作者はアルバイト学生が接する人々をとらえる粘りづよい筆力をもっている。一緒に仕事をする警備会社の老社員と若者社員、市場へ来る運転手など、どこにでもいそうな人々の卑小さ、しぶとさ、退屈さをうまくとらえている。彼らのせりふの卑俗な粘りけが辛抱づよく生かされて、ゆるみもない。

話は警備会社が契約を切られることになって終わるが、じつはそのことにはアルバイト学生の仕事ぶりもからんでいた。それまで彼の仕事が坦々と語られてきたのが、そんなわけで、最後に来て一挙に小説らしいかたちがつくのである。

警備会社の社員たちは大事な契約先を失って狼狽するのだが、彼らがへばりついているのが最近一度倒産したばかりのボロ会社だという設定がきいていて、彼らの「失業」という事態もいまどき珍しくなまなましい意味をはらむことになる。いかにも卑小な老社員がアルバイト学生をなじって、「おまえがここに来てから、おかしくなったんだ。何か、変な具合になっちまったんだ」と叫ぶところへ、それまでの話すべてがうまく集約されていくのである。

多和田葉子
「犬婿入り」「ペルソナ」

一九九二年度下半期の芥川賞作品「犬婿入り」は、奇妙な書き方で読者の意表をつく。話もまたふつうでない。東京多摩地区の旧農村に住みついて学習塾をはじめた三十九歳の北村みつこのところへ、見知らぬ太郎という男が入りこんできて家事に精を出す。そして、牡犬が牝犬と交尾するような性交をくり返す。太郎は同時に利夫という男とも交渉をもっていて、やがて太郎と利夫は連れ立って出奔する。みつこも利夫の娘扶希子と「夜逃げ」をし、学習塾の家はとり壊される。……

どこかの民話を利用しているのかもしれないそんな話が、リアリズムの約束事を無視した饒舌な語りにくるまれて、変な小説だという印象を与える。作者はわざと「変な」感じを作り出そうとしている。

それがうまくいっているかどうかだが、成功している部分と失敗している部分とのあいだに差があり、印象がかなりまだらになる。その結果、「わざと」という感じが強く残る。仕事がていねいでないからである。

大まかにいって、書きだし部分と話が展開する後半の密度が薄くてスカスカしている。うまくいっているのは、突然太郎が家に入りこんできて、いまの若者同士のようでもあり犬同士のようでもある同棲生活がはじまるところである。相手を直視することなく女と交わり、しょっちゅう腰にしがみついてきて女の匂いを嗅ぎたがり、家事はひとりでまめにやり、活字も読まずテレビも見ず、何に興味があるのかわからない男との生活が、犬と暮らすように書かれるのである。そこだけをもっとこまかく書いたものを読みたい気がしてくる。

見知らぬ太郎がやってきてすぐさま関係ができるところは、こんな書き方である。

……男は、みつこのショートパンツを、袋から鞠を出すように、するりと脱がしてしまって、自分はワイシャツもズボンも身につけたまま、礼儀正しく、あおむけに倒れたみつこの上にからだを重ねて、犬歯をみつこの首の肌の薄そうなところに慎重に当てて、押しつけ、チュウチュウと音をたてて吸うと、みつこの顔は次第にあおざめてきて、それからしばらくすると、今度は急に赤くなって、額に、汗が吹きだし、ねばついてきて、膣に、つるんと滑り込んできた、何か植物的なしなやかさと無頓着さを兼ね備えたモノに、はっとして、あわてて逃れようとして、からだをくねらせると、男は、みつこのからだをひっくりかえして、両方の腿を、大きな手のひらで、難無く摑んで、高く持ち上げ、空中に浮いたようになった肛門を、ペロンペロンと、舐め始めた。その舌の表面積の広さや、ゆたかにしたたり落ちる唾液の量、そして激しい息づかい、どれを取っても、文字通り〈人並み〉ではなく、しかも、みつこの腿を摑んだその大きな手は、この猛暑の中、少しも汗ばんでこないし、震えもせず、随分長いことそうしていたが、そのうちやっとみつこを抱き起こしてその顔を覗き込んだ黒目の中は静かで、額にも鼻にも汗の粒ひとつ見えず、髪の毛はとかしたてのようにきちんとしているので、……

まだまだ切れずにつづくが、とても引用しきれない。ともあれ、この作品の長々しい文章がよく生きているのは、全篇でただ一箇所、ここだけである。

おそらく作者は、性の相手の犬のような感じの与える刺激や、黙々と家事をするまめな男を眺める奇妙な楽しさや、彼のつくる「見事な夕食」の不思議さといったものの感じを核にして、民話的パターンの中身をつくろうとしたのだろう。結果としては、それらの感じが直接生かされている部分がよくて、あとは水増しのようにだらだらしてしまう。核になる「感じ」自体、むしろ平凡なものだけに、全篇にわたって緊張感を保つのがむつかしいからであろう。

饒舌体で奇妙な話を語って退屈させないためには、どんなことを持ちこんでもうまく収まってしまうしっかりした文章の器《うつわ》がなければなるまい。作者は石川淳ばり（?）のスタイルで語るが、それがいわば仮りのスタイルにとどまって、独自の強い文章にはなっていない。いろんなものを乱雑にとりこんでいける器がまだないようだ。だから、たとえば冒頭から頻出する汚物嗜好のことばなど、いちいち浮いてしまう。あるいは、それらのことば同士がつながりあってその先に内容が出てくる、というふうに展開していかない。これはもっと慎重に書き直して、ほんとうのスタイルができてはじめて読めるものになるという種類の作品だと思われる。

本気で書き直せば、おそらく話自体ももっとおもしろくなったはずだ。太郎の妻だった良子が現れるところや、太郎が犬の群れに襲われて犬のように変身しはじめるところなど、本腰入れて生かすつもりにならなければ損である。才気に頼って仕事が雑になりがちなので、話の展開も不十分なまま、安易な結末がついてしまっているようだ。

同じ作者の半年前の作品「ペルソナ」もついでに読んだ。こちらはハンブルクに住むドイツ文学留学生姉弟の話だが、リアリズム小説の約束事をばかにする（?）ような書き方は「犬婿入り」と共通している。語りの視点をわざと（あるいは無造作に）不安定にしたり、意識的に「のだった」を連発したりする。この「のだった」はしつこくくり返されると、読者は何だかからかわれているような気がしてくる。


てんぷらは、いつまでたっても揚がらないのだった。だからと言って、和男は文句を言ったりはしないのだった。目を細めてじっと待っていた。やっと揚がった頃には、夜も更けていた。テーブルの上を片付けているうちに、てんぷらは冷めてしまった。冷めたてんぷらを食べながら、ふたりはもう何も話すことがないのだった。

こういう文章は、日本語としてはほとんどナンセンスといってもいいであろう。それとも、もしかしてこれも民話調の語りということなのであろうか。

ドイツ社会に生きる東洋人は、「仮面のような顔の下で何を考えているのか分からない」と警戒されがちで、姉のほうの道子は、セオンリョン・キムという美男の韓国人がその無表情にいいがかりをつけられた事件をきっかけに、ドイツ社会の階層を下降してその底に触れてみようとするような、一種抑鬱的な衝動を感じる。それは、ドイツ人のみならず弟の和男や邦人駐在員夫人たちを含めた人びとの、偏見意識の底へ身を投げ出そうとするような、自己を失う過程をひと思いに突っ走ろうとするような、多分に破滅的な衝動である。

実際に道子は、ハンブルク港の難民用水上家屋のアルバニア人青年の部屋へふらふらと入りこんでしまうのだが、そこから日本人世界へ戻るためには、ベトナム人に間違われやすい素顔にちゃんと化粧をし直さなければならない。そしてまた、日本人とのつきあいの場からドイツ人社会へ出ていくためには、わざわざほんとの能面をかぶるようなことをしなければならなくなる。道子はたまたま見つけた能面によって日本人の素顔から解放され、あらたに仮面の生きた表情を得て歩いていく。……

そんなふうに要約できる話自体、うまく絞って書けばおもしろくなりそうなのだが、小説のつくりが全体にゆるんでいて、感興が生じにくい。こういう話は、雑にだらだら書くと、文化摩擦についての感想がナマのまま出がちになり、しばしば索然とさせられる。たとえば次のような一節は、小説の文章というには平凡すぎて、気楽な滞在記のなかの感想を読むようではないか。

違いますよ日本人ですよ、と道子は仕方なく答えた。ああトヨタか、と言って最初の男が艶めかしく笑った。道子はからだの向きをもとにもどして歩き始めた。わたしはトヨタなんかじゃない、と思ったとたん自分のからだが小さな自動車になってしまったような気がした。(略)わたしは自動車なんかじゃない。そう思ってみても、自動車の製造をしていない国の人の目には自分もまた一台の自動車のように見えてしまうのかも知れないと思った。道子は息苦しくなって歩調をゆるめた。

平凡な滞在記のようにしないためには、まず何より、はじめに出てくる三人の男をしっかり書くことだと思う。韓国人セオンリョン・キムと、ドイツ人の愛人トーマスと、弟の和男とである。道子の抑鬱的な経験は、親しい三人の男との関係でもっと明瞭に、そして複雑になるはずなのに、作者は人物にざっと触れるように語るだけなのだ。三人の男がふつうに書ければ、道子の経験を語ることばは密度を増してくるはずである。

リアリズムを中途半端にはぐらかすような気持ちがあって人物が書けないのかもしれないが、結局それで半端仕事に終わっているのだとしたら損をしたものである。

野中　柊
「アンダーソン家のヨメ」「チョコレット・オーガズム」

この前の多和田葉子「犬婿入り」は、民話調ということにせよストーリーそのものにせよ、こまかく見ようとすると結局読めなくなってしまい、賞をとるためのわざとらしい作品という印象が残った。多和田さんはその意味でかなりのワルだと思うが、作者がまだ十分ワルでないため賞を逸しているような作品の例として、今回は野中さんのものをとりあげることにする。

「アンダーソン家のヨメ」は、国際結婚をしたマドコとウィルが、ハネムーンの帰りにウィルの両親の家へ立ち寄って結婚披露パーティーをする話である。シカゴの空港に着いたところから始めて、ウィスコンシンの田舎町でウィルの家族や友達と再会し翌日パーティーがたけなわになるところまでが、二百五十枚くらい使って語られる。生きのいい饒舌調で、ともかく読ませるものがあって、長すぎるという感じはない。

最大の美点は人物がよく書けていることである。朝鮮戦争従軍がきっかけで日本史を勉強して田舎大学の教授になったアンダーソン氏、フェミニストの壁画アーチスト・アンダーソン夫人、日本留学時にマドコと知りあって結婚するセンシティヴな長男ウィル、マッチョ型の次男ウォルター、末っ子の箱入り娘ミュリエルという五人家族がおもしろい。描くとか生かすとかより、人物について何でも説明してあって、その説明が二十代の女性作者の理解力表現力を十分発揮したものになっていて、よくわかるのである。

もうひとつ、この作品の特徴はアメリカ人を書くのに距離をおかず、日本人を書くのと同じ書き方をしていることである。たとえば次のウィルと友人の会話など、わざと日本人同士の会話のように書いてある。


——今？　今は、国務省。

——えーっ、まさか国務省で働いてんの？

——うん。

——ダッセー！　マジなの？

——うん、マジ。

——アンタ、それ、どういうコトを意味してんのか分かってんの？　ソレって政府のために働いてるってコトなんだぜ。バカで保守的で国民のことなんか、ホントは、これっぽっちも考えてないレンポー政府のために。

たしかに、いまのアメリカの若者の話しことばを日本語に直すとこんなものになるかもしれないし、また現在こんな場面でアメリカ人も日本人もまったく同じようであるかもしれない。そんな密着的な書き方から、アメリカ社会の生活感がおのずとにじみ出てくるような趣きがある。

ところで、この作品が小説としてほんとにおもしろいかというと、それはまた別の問題だといわざるを得ない。読み進むにつれて不満がたまってくる。これは読ませる体験記だが小説ではないという不満である。多和田さんは文学的小説作者としての潜在能力を感じさせるように作品をつくって賞を得たが、野中さんはそこまで色気を出していない。よくも悪くも、小説を書こうというこだわりが強くない。

「アンダーソン家のヨメ」は、いまの若い女性がのびのびと書いたいわゆる「エッセイ」として、よくできているというべきかもしれない。適当にウソもまじえておもしろく語った、くわしい嫁入り体験レポートというわけだ。当然いろいろ作ってあって、最後に「東京カンカン娘」の歌が出てくるところなど、特にアンダーソン氏に関しては、少々おもしろすぎるくらいの書き方になっている。

野中さんはこのあと「チョコレット・オーガズム」という作品を発表している。こちらははじめからフィクショナルに小説をつくろうとしたらしいことがわかる。だが、結果は完全に失敗している。アメリカのどこかの町の日本人留学生同士のつきあいが書かれるのだが、前作では生きていたアメリカという環境が死んでいるだけでなく、人物がすべて御都合主義に仕立てられていて、こんなそらぞらしい人物たちを相手に作者はよくも書きつづけられたものだと感心する。

体験記では野中さんはよく対象とつきあって、エッセイ的な若々しい文章を充実させることができた。が、フィクションでは、つきあうべき対象を作りださなければならないのに、それができないまま、ことばが上滑りして、ほとんど出まかせの文章になっている。「日米関係体あたりエッセイ」といった書き方で力を発揮した作者が、さっそく突き当たらなければならなかった問題が見えているようだ。

ともあれ、これは小説教室の作品ではなく芥川賞候補作品なので、出来が悪いのに無理にていねいにつきあうというわけにはいかなかった。だから内容の紹介も省略して今回は短くなりました。

吉目木晴彦「寂寥郊野」

吉目木氏のものは前に「夏の栞」をとりあげ、そのときの芥川賞受賞作より小説が上等でおもしろかったことを書いたが、今度ようやくその吉目木氏が受賞することになった。すでに昨年平林たい子賞も得ていて、新人の域を脱している人である。これまでとりあげてきた新人たちとは腕がちがうので、ほんとうはいまの芥川賞のレベルが吉目木氏のところまであがるといいと思うが、そうなると新人賞に未熟なにぎわいを求める向きには物足りないのかもしれない。

実際、いまの芥川賞は、だれにでも手が届きそうでなかなか届かないというぎりぎりのところにレベルを定めて、余命を保っているように見える。社会の変動期にはだれが何を書くかわからないから、小説のよしあしは二の次にして、なるべく多様な書き手を登場させたいということもあろう。従って、小説教室の人たちにも当然手が届くはずのものなので、これまで芥川賞作品を中心に語ってきた。が、あくまで小説として楽しめるか楽しめないかを問題にし、書き手の未熟さ（あるいは可能性）に特殊な興味をもったり、勝手に社会現象を読みとって喜んだりはしないつもりだった。その結果はといえば、小説読者としての不満が重なる一方で、毎回悪口を抑えるのに苦労してきた。

ふつう、いい小説を読んだと思えたときは一日中幸せで、それは芥川賞作品であろうと小説教室の作品であろうと基本的に変わらない。逆に、だめな小説を読んだあとは、われながら不機嫌を持て余して困ることがある。

それが今回は幸せな気持ちで「寂寥郊野」を紹介することができる。これはまぎれもなく小説だから、本物だから、読んでごらんなさいと素直にすすめることができる。この稿を三年つづけてきてよかったと思わずにいられない。十年に一人というような言い方があるが、これはたしかに何年に一つという受賞作であろう。

アメリカの深南部ルイジアナ州バトンルージュに住むグリフィス夫妻の話だが、妻の幸恵《ゆきえ》は朝鮮戦争後アメリカへ渡った「戦争花嫁」で、すでに六十四歳になっている。その幸恵が急におかしな言動を見せるようになる。鬱病のようでもあるが、夜中にひとりで庭へ出て焚火をし、それを憶えていなかったり、住んでいる町の地下が空洞だと思いこんで言いふらしたりする。

夫のリチャード・グリフィスは、農産物の農薬処理を請負う会社を経営したことがあった。会社は成功していたが、農薬事故が起きてリチャードは共同経営者に裏切られ、事故の補償のために資産を失い、市民の指弾を受け、いまや軍人恩給だけで暮らす身である。

幸恵は保守的な深南部の田舎町で日本人妻として生きる苦労に耐え、意志的な適応の努力を重ねてきて、事故による悲境も毅然とした態度で乗り越えようとした。が、夫婦だけの恩給暮らしに入ると、幸恵を支えていたものが崩れはじめる。医者はアルツハイマー病の疑いがあるという。呆けたような症状のなかに、幸恵がこれまで抑えこんでいたものが、あれこれと突出的に表れ出る。落葉を集めて燃やす日本的習慣や、友人や隣人の人種的偏見に刺激される感情や、夫を裏切った共同経営者に対する怨みなどが、思わぬときに飛び出してきてリチャードを驚かす。

リチャードは過去の農薬事故について、のちに出てきた疑問点を整理して再調査を求める仕事を、もう一度やってみる気になる。幸恵がその事件に深く傷ついていたらしいと気づいたからである。

だが、幸恵の病状は進んで、クリスマスに息子たちが集まったとき、突然日本語で妄想を口ばしり、リチャードをうろたえさせる。意志的に生きてきた夫婦のあいだの溝が、老いた夫と妻それぞれの孤立が、息子や嫁の目の前に浮かび出るような場面だが、あとで正気に返った幸恵は、リチャードが「夫として」最善を尽くそうと頑張るのが息苦しいこと、夫婦は「誰かに与えられた役割を演じなければならないというわけじゃない」と思っていることを息子たちにうち明ける。

最後の場面では、幸恵はもう日本語しかしゃべれなくなっている。リチャードはいまや覚悟を決めて、落着いて、話の通じない妻に話しかけている。彼は訪ねてきた妻の友人たちに向かってこういう。

「ユキエとは、長い時間を分かち合って来たんだ。リチャード・グリフィスの生きて来た年月がどんなものだったか、知っているのは、私とユキエだけなのだよ。だから、ユキエが記憶を失えばその分だけ、私が一人で、他に誰も知る者のない、あるカップルの物語を、抱え込むことになる。そして、その物語が本当にあったものかどうか、誰に確かめることもできないのだ。自分で自分に問うてみるほかはないのだよ。一人で、信じるしかない」

緑の瞳の中に、雨の糸が映る。

マーサはスープを注いだカップに、手を伸ばそうとはしなかった。奥歯を噛み締め、庭前の百日紅の木を睨みつけている。リチャードは彼女の横顔をちらと見た後、幸恵の指先を握った。そして二人に言った。

「時計を見る習慣は必要だよ。時計を見れば気がつく。何か口にしなくてはね。もう午を回っているよ」快活ではないが、耳にした人間の気持ちを癒すような声だった。「サンドイッチを持って来てくれたんだろう。戴こうじゃないか。パティ、よかったらコーヒーを淹れてはくれないかね。台所に道具は揃っている。実は、朝食を取っていないんだ。食べなくちゃね。この世に生まれてから一日だって、何も食べずにいたことなどないんだからね」

バスケットを自分の前へ寄せ、蓋を開いた。ツナがいい。私はツナをもらうことにするよ。マーサ・ギブソンはまっすぐに立ち上がると、回れ右をした。機械仕掛けの人形が動いているみたいだった。ライアが視線を移す。

生きるためには、それなりの努力をしなければならんということだ、台所へ向かうギブソン夫人の後ろで、リチャード・グリフィスは呟いた。

こんな終わり方の小説である。六十四年を生きたあげくの幸恵の沈黙が重く残る。百八十枚をたんたんと運んで作者はこう締めくくるのだが、密度と陰翳に富んだ文章なので、起伏の少ない話なのに少しも退屈しない。むしろ、この夫婦の人生の細部から目が離せないような気持ちになる。どんな些細なことも、夫婦の生活感覚と生きてきた年月を感じさせるのだが、細部をさりげなく、だが確実に生かす書き方が堂に入っていて、まったく危なげがない。

夫婦の生活が肌で感じられるようだというばかりではない。アメリカ深南部の白人社会そのものが、その荒涼たる平穏さと不気味さが、ありありと見えてくる。語るべき事柄に隅々まで通じた信頼すべき語り手がここにいるという感じを強く受ける。

日本の純文学の世界では、そのようなタイプの語り手はむしろ少ないといっていい。主流は依然として、もっぱら語り手個人に興味をもたせる文学である。それとは逆に、読者にとって語り手はどうでもいいのにいつしか強い信頼感をいだかされてしまうといった小説には、めったにお目にかかれない。

吉目木氏は、その種の小説の作者・語り手として天性のものをもっているように思う。もちろん彼の語りは長い修練の結果でもあろうし、また三十代なかばでひとまず手に入れた作家的成熟のたまものでもあろう。

竹野雅人「私の自叙伝前篇」
河林　満「穀雨」

前回の「寂寥郊野」に感心したあとで何をとりあげたらいいのか迷った。吉目木氏のような信頼すべき語り手はなかなか見つからず、読み始めてもすぐに退屈してしまう。

竹野雅人「私の自叙伝前篇」（「群像」一九九三年七月号）は、四国高松の三代目市立病院院長が、還暦を前にして自叙伝の自費出版を思い立ち、その執筆と新病院建設の事業に翻弄される話である。

冒頭から素人の下手な自伝を真似た文章を読まされる。ところどころ、それを書きつつある院長の、独白めいた現在の記録が挿入される。どちらも一人称で、しかも同じ陳腐な文章なので（ということは独白のような部分もじつは自伝の一部であろうか）、この二百枚の小説の前半はかなり退屈である。はやりの「パロディ」にはちがいないが、ろくに尊敬もされていない、どこにでもいる、独りよがりな小人物をからかってみせてくれても読者は笑えない。苦労してパロディをつくっている作者に対する信頼感が、なかなか生じないのである。

院長は昭和八年生まれということになっているが、彼の自叙伝の文章は明治男の成功談を思わせる古くささである。若い作者にとっては、明治も昭和戦後もほとんど同じなのかもしれない。院長は一年あとに生まれていれば新制中学に進んでいたはずだ。もしそれほど若い男の田舎者らしさのなかに「明治」が残っているのだとしたら、そこに興味をもってもっとこまかく見ようとするのが小説家というものではなかろうか。

そうする代わりに作者は、単に世間一般の卑俗なうぬぼれ屋、退屈きわまる鈍感な「おとな」をからかってみせるだけの小説を書いてしまった。だから、少なくとも前半はその意味で子供っぽい「一般論小説」というべきで、読者はどこでその一般論が崩れるかという期待だけで読み進めることになる。若者の嘲笑しやすい対象がパターンになっているために、その嘲笑自体が内容のあるものにならないからである。院長は自費出版業者を相手に滑稽なやりとりをするのだが、俗な動機から本を出したがる人をからかうのは、プロの小説家としてフェアでないのではないかという気がして、読んでいて落着けないのも困る。

確かに、ものまねの才といったものはよく発揮されており、それはパロディ小説のために必要なものだから、そこだけを評価するという読み方もあろう。たまたま、「文藝」の筒井康隆氏の「文芸時評」でこの作品がほめてあるのを見たが、筒井氏は作者のパロディの才を評価して、「人生の虚実双方の言語ゆえの破綻が描き切られている」と大げさなことをいっている。筒井氏も作者同様、「市井の俗物」といった一般的なパターンをからかって面白がれる人のようで、この作品を「社会に満ちている俗物の欺瞞的言語や美辞麗句」に対する若者らしい挑戦として、大いに持ちあげているのである。

だが、考えてもみてほしい。この小説の主人公のもったいぶった独りよがりは、おそらく彼の周囲のだれの目にも明らかなのだ。実際、彼の妻や学生時代の旧友たちなど、他の登場人物がそれをことばで指摘している。彼の「欺瞞的言語や美辞麗句」は、作者がわざわざからかってみせるまでもなく、主人公の日常生活のなかですでに十分にからかわれ、笑われているのである。そんな人物の「自叙伝」を、だれも本気で読まないだろうこともまたはっきりしている。そのだれも読みたがらない自伝を、作者が苦労して作って文芸雑誌の読者に読ませようとしているわけである。

つまり、作品が失敗してそういう結果になっているということだが、それでも作の後半はいくらか面白くなる。主人公の院長は新病院建設を企てて、まんまと手付金詐欺にひっかかる。執筆中の自伝原稿は、妻が勝手に手を加えて赤字だらけになる。やがて院長は書けなくなってしまう。そのへんではじめて小説らしくなってくる。そこまで我慢した読者はようやくほっとするのである。

自己欺瞞的な自伝が行き詰まり、院長は「本当の自分」に直面するための混乱に身をさらす破目に陥る。自伝世界と現実が入りまじるその場面はなかなか生きていて、もっと書きこんでもいいくらいだ。むしろ、もっと書いて結末の物足りなさ（あるいはわかりにくさ）を何とかすべきだったと思う。

もしもこの小説が長篇小説の一部にはめこまれたパロディ部分だったとしたら、もっと楽しめただろうにという気もした。長篇の他の部分との関係であらたに生きてくるものがあるはずだからである。逆にいえば、「他の部分」なしにこれだけを読ませる小説ではないということになる。作者は長篇作家の才能をもっているように見えるだけに残念なのである。

今回はもうひとつ、河林満「穀雨」(「文学界」一九九三年五月号)に触れておきたい。こちらはふつうのリアリズム小説で、前回の芥川賞で次点だったというが、私はパロディ小説以上に退屈に感じた。河林氏のものは前に「渇水」をとりあげたことがある。「渇水」はある市の水道部職員の話だったが、「穀雨」では水道部から福祉事務所へ移った男の、被生活保護者とのかかわりが語られている。

その材料は決してつまらないものではない。福祉事務所のケースワーカー水垣が担当したアルコール依存症の四十女北川美佐子が窮死する。彼女の死までを水垣の目をとおして語る小説で、うまく語ってくれればついていきやすい材料である。が、「穀雨」の欠点は、その語りがいかにもまずい点にある。

「渇水」でも、料金不払いで水を止められる崩壊家庭の幼い姉妹とその母親について十分に語るべきところを、水道部職員の語り手自身の日常生活によぶんな筆をついやして、印象を弱めてしまっていた。「穀雨」も同じことで、北川美佐子や佐々木という老人など、被生活保護者の姿をもっとたっぷり描けば面白くなりそうなのに、ケースワーカー水垣の結婚のいきさつや、家庭の問題や、職場のことなどが入りこんできて、興をそがれるのである。なぜよけいなことばかり書いてしまうのだろう。純文学のリアリズム小説は、作者に近い人物の私生活をごたごたと語るものだという考えが、どこかにあるのかもしれない。

　このような材料のばあい、ケースワーカー水垣を視点人物のようにして、なるべく禁欲的に語ったほうが面白くなるはずである。それができずにごたごたした話にしてしまう理由を考えてみて、文学の問題とは別に、日本の福祉行政の未熟さということがあるのではないかと思った。

　福祉事務所のケースワーカーは必ずしも福祉のプロではない。日本の福祉行政は、プロフェッショナルな入念さとはほど遠い、雑なシステムしかもっていない。ケースワーカーは冷静なプロとして行き届いた仕事をするのではなく、おそらく彼個人の私的なものを総動員して日々対応せざるを得ない。被生活保護者もまたきわめて私的に接近し、もたれかかってくる。両者の関係はいかにも不安定である。……

　というのが現実であるとしたら、この小説の水垣は、もともと冷静な視点人物にはなり得ない存在だったのかもしれない。信頼できる成熟した語り手を彼に期待するのは、どだい無理な話なのかもしれない。

奥泉　光

「石の来歴」

一般に、小説の作者が「腕力」とか「強腕」とか「力量」といったことばで評されて喜ぶかどうかはわからないが、「石の来歴」は主にそのような評価によって今期（一九九三年度下半期）の芥川賞を得たらしい。

小説を読んで「腕力」を感じるのは、細部が雑でおもしろくないのに、全体の構想力に強いものがあって、それに引っぱられておしまいまで読んでしまうような場合である。その種の小説は、構想力を十分に働かせることが優先されるために、文章も説明調の上滑り型になることが多い。長さからいうと、短篇ではなく、もっと長いものになる。我慢してその長さにつきあわないと長所もわからないという小説である。

短篇小説の賞としての芥川賞を受けた「石の来歴」は、その意味でとても短篇小説とはいえない。長さはたぶん二百枚弱なので、長篇小説というわけでもない。長さ自体に中途半端な落着きの悪さがある。が、新人作家として適当に構想力を発揮してみせるためには十分な長さかもしれない。短篇では無理だが、このくらい書いて「力量」を評価させるということはできるのである。

そこで、読者としても、作者の「強腕」を確認するための読み方をすることになる。少々退屈でも、作者がたぶん持っているはずの、長篇作家としての可能性を見きわめようとする読み方になる。そんな義務があるわけでもないのに、それを強いるようなところを作品が持っているということかもしれない。

それならこの小説の構想とはどういうものか。昭和二十年のフィリピンの戦地と、昭和四十年代半ばの日本秩父を緑色チャートという一塊の石によってつなぎ、その石から地球が見え宇宙が拡がるといった作りで、フィリピンで九死に一生を得た一復員兵の戦後が語られる。昭和三十一年生まれの作者がよく知らないはずの時代が語られているわけである。戦地のことや秩父の土地や地質学についていろいろ調べて、ともかくもウソらしくなく書けているところも作者の「腕力」を感じさせるのである。

ただ、芥川賞委員たちの言葉を借りれば、語り口が「講談調」で、しばしば文章が上滑りしてそらぞらしくなるのが欠点で、たとえば次のような文章が百枚もつづけば、読者はまず耐えられなくなるにちがいない。

夫となるべき男は酒は飲まず博打もやらず、ただひとつの道楽が石集め、これでも分かるとおりの真面目な好人物であると、太鼓判を押す仲人の口上を聞いたときには、なんだか年寄り臭い人だなと、思う程度の感想しか真名瀬の妻は持たなかったけれど、実際に結婚してみれば真面目なのはそのとおりであるにしても、当の道楽ぶりが尋常ではなかった。朝、布団に夫の姿がない。まだ外は暗いし仕事に行く時刻でもない。仕方なくひとりで起きて朝食の支度をしていると、裏山の方からのこのこ夫が戻ってくる。みると腰の回りになにやら道具類をぶら下げて、軍手をはめた手に重たそうなずだ袋を抱えている。何だと訊けば黙って袋の中身を見せてくれる。まさか金塊ではあるまいが、少しは奇麗な石でも出てくるのかと思えば、ごろり地面に転がるのは漬物石にもならぬ小汚い石ばかり。夜は夜で夕食もそこそこに土蔵にこもってなにやら石ころをいじっているらしい。新婚旅行がなかったからと、結婚して半年目に訪れた伊香保温泉では、のんびり湯に漬かるでもなく観光するでもなく、一日中野山を歩いて岩とみれば金槌でとんとんやっている姿をみたときには呆れ果てた。

この調子は、かつて大阪落語といわれた宇野浩二（中期の佳作に「子の来歴」がある）や、同じ大阪の織田作之助を連想させる。あるいは、もっと下って、石川淳や古井由吉が作りだしたスタイルを思わせる。だが、奥泉氏にはおそらく、昔の大阪の言葉と文化に相当するものはなく、また戦中戦後の生活に氏の言葉が根ざしているわけでもないので、もともとこの調子で二百枚も読ませるわけにはいかないのである。何人もの作家のスタイルを同時に思い浮かべてしまう読者は、落着きの悪い思いをしなければならない。

真名瀬と呼ばれる主人公は、昭和二十年、敗走中のレイテ島の洞窟で仲間の上等兵を（たぶん）殺す。その上等兵はなぜか地質学について、石について若い真名瀬に語ってやまなかったのだが、真名瀬は戦後復員して秩父に住み、秩父地方の石にとり憑かれたようになり、以後変わり者の日曜地質学者として生きることになる。そして、その偏屈な生き方が妻を狂わせ、二人の息子を死に追いやるという結果をまねく。真名瀬は次男の死を見届けたあと、岩石採集の入門書を一冊書き終え、（おそらく）死ぬつもりで、かつて長男が何者かによって惨殺された洞穴へ入りこむ。

末尾はその秩父の洞穴とレイテ島の洞窟が幻想的に重なる場面で、ここはよく書けている。戦後の真名瀬は、じつは昔自分をそそのかして上等兵を殺させた指揮官の大尉の、一種魅惑的なカリスマの影のもとに生きてきたといってもいいのだが、彼はその影と戦って死ぬ（つまり自分のなかの影を殺す）という結末になっているようである。

死を前にして真名瀬は、上等兵を背負って大尉から逃げおおせようとする幻想のなかにいる。大尉から逃げ、なお瀕死の上等兵は、掌に握った石を真名瀬に見せ、「さっき子供がくれたんだよ。洞穴に二人の子供が来て、僕にくれた」という。二人の子供とは真名瀬の長男と次男である。上等兵と二人の息子、つまり三人の死者が残した石が陽に輝いて、真名瀬の末期の目に映る。……

そう要約できるように私は読んだが、当然違う読み方も可能であろう。ほとんど韜晦《とうかい》的なまでに入り組んだ話にしてあるからである。私の読み方でいくと、真名瀬が大尉の影と戦うというモチーフが弱いように見える。大尉の妙なカリスマに我を忘れて殺人を犯し、戦後は単なる偏屈という以上に危険な自閉の生活を送って妻子を破滅させた男の、一種日本的な歪みあるいは病理そのものが、彼自身戦わなければならなかった影の正体ではなかろうか。そのことに関していうと、過激派の闘争で死ぬ次男の父親批判の内容にズレがあるような気もするのである。

作者は、学園紛争後の過激派の時代と戦争の時代に、強い興味をいだいているらしい。その興味から直接生み出された場面には何か白熱的なものがある。が、そのように書けている箇所はまだ二、三にすぎず、二百枚近い長さのなかに心細く散在しているという印象である。

辻 仁成「パッサジオ」

このところ二百枚くらいのものがつづいたが、これもまた二百枚である。短篇でも長篇でもない中篇というジャンルがないわけではない。が、いま文芸雑誌に「新鋭力作二百枚」と銘うたれていたら、小説として中途半端なものを読まされるだろうと思ってまず間違いない。「パッサジオ」は「文学界」一九九四年四月号の巻頭にのっているが、案の定半端な仕事で楽しくなかった。

二百枚にぴたりとはまる材料というものはあるであろう。二百枚の書き方というものもあるはずだ。昔のことをいえば、谷崎潤一郎という人は中篇小説の名手だった。二百枚前後の長さを完全に納得させてくれる名品をいくつも残している。

谷崎のような入念な名人芸は求めるべくもないであろうが、材料や書き方からその長さをひとまず納得させてくれる作品を読みたいと思う。読後に正しい長さを実感させられ、納得させられるのがよい小説の条件のひとつといっていいが、そんな作品に出会えることは稀になってしまった。

ロック・ミュージシャンでもあるという辻氏のこの小説は、長篇小説にふさわしいと思われる材料を扱っている。まじめな語り方で、書きだしはしっかりしている。ロック調とかアメリカン・スタイルとかいうものではなく、若者の文章としては重厚な部類に属する。少なくとも冒頭の一章は、長篇的な内容を十分期待させる調子をもっている。

ロック歌手の「僕」は、客のために歌う仕事をくり返すうち、ある日突然声が出なくなる。「僕」はコンサート・ツアーから失踪する。そして、知りあったばかりの若いボイストレーナーの女性富樫美里を高原の森の奥の「研究所」へ訪ねていく。そこは美里の祖父富樫幸雄が「DNAミュージック」によって人の寿命を伸ばす音楽療法の実験をしている不思議な世界である。

作者は、人間の遺伝子に刺激を与えて寿命を伸ばすという「DNAミュージック」について熱心に語ろうとしている。その音楽が「宇宙や生命の創世とはまさにこんな胎動から始まったのではないかと思うほどの音の反発と協調の繰り返し」であることを、実感的に語ろうともしている。取材もしているようで、その熱心さがともかくもこの小説を支えている。読者は奇妙な音楽の話題に何とか興味をつないで読みすすめることができる。

「不老長寿の音楽」の話というなら、当然それは一種のユートピアの話ということになろう。「僕」が入りこむ森の奥の「研究所」は、この世のどこにもない場所としてのユートピアにちがいない。そこには「ロンリージョン」という名の巨木のようなひまわりが一本そびえ立っている。「DNA

ミュージック」によって成長をつづける、不老長寿のシンボルのような植物である。「僕」は「ユートピア」のあるじ富樫幸雄とその孫娘美里に多くのことを教えられる。彼はロック・シンガー時代の頑なさを捨てて素直になり、純情になって自ら教育されようとする。

この小説を、一たん自己を見失った青年が再教育されて大人になる試練の物語と読めば、成長小説としての内容がもっと豊富に盛りこまれることを期待したくなる。あるいはまた、青年の死と再生の秘儀の物語として読むなら、神話的な象徴性を強く求めようとする読み方になるであろう。いずれにせよ、長篇小説として本格的に展開してくれなければ困る話なのである。

だが、作者にそれだけの用意と力があるかというと、そうではないことがすぐにわかってくる。「僕」が失踪する第二章以後、本格的に小説らしくなってくるはずのところで、作者は逆に「小説」から手を離してしまいそうな心もとない様子を見せる。文章が急に常套的にそらぞらしくなるし、人物も人形めいてくる。世界がにわかにアニメ劇画のようになってくる。「僕」が俗世間から遠ざかるにつれて、作者の想像力は小説よりアニメの画面をつくるように働きはじめるかに見える。

人物も彼らのせりふも、小説としては不自然だが、無機的な映像の世界にはふさわしいかもしれない。森の中のレコーディング・スタジオの複雑な機械に囲まれて坐っている白髪の老人も、ほとんど超能力的な「妖精のような声」と「黒い円らな瞳」をもったその孫娘も、小説的リアリティーが問題にされない世界の人物である。最後に老人は、延命療法の非人間性（?）に絶望してスタジオの機械類を破壊して自らも倒れ、「僕」は老人の命を救おうとして立ちまわりを演じたりするのだが、そんな活劇場面になるといよいよ完全に小説離れしていく。

実際のところ、作者は小説を書こうとしていながら、音楽の話題ほどには小説というものに本気になれないでいるように見える。これだけの話を語るにもどれほどの用意と忍耐と腕前がいるか、どんな手本を見習ったらいいか、落着いて考えてはいないようである。

「僕」と美里が夜の山中で結ばれる場面がひとつのクライマックスになっているので、そこをどう書いているか、文章を見よう。


岩の上は人工的なほどまっ平らで、直径が五、六メートルはあった。崖淵《ママ》にあるせいで、視界は抜群に良く、盆地の中に点在する家々の明かりが、ぽつりぽつりと見え隠れしていた。頭上には満天の星空が広がり、風は前方から吹きつけ、まるで空飛ぶ絨毯に乗っているような浮遊感を味わうことができた。

僕たちは、その岩の上に並んで座った。美里は足を組んで、膝の上に顎を乗せ、夜空に瞬く星空を眺めた。

「ここにはよく来るのか？」

「寂しくなると時々。こうやって星空を見上げ、人間の儚さについて考えるのよ。哲学的でしょう？」

僕は笑った。

（略）

美里は僕を見ている。僕も彼女を見つめ返す。二度と戻らない時間がそこでも確実に流れていた。僕は何か言わなければという思いにかられたが、言葉はすぐに出てこなかった。すると彼女が突然歌いだした。聞いたこともない曲だったが、妙に懐かしいメロディーだった。(略)
長い間僕たちは岩場の上で見つめあった。月光が彼女の顔を白く浮かび上がらせている。瞬きが惜しい程の美しい時間の連続。永遠の命があればいいのにと願う人々の気持ちも理解できる気がした。

小説の語りというものに本気でとり組み、小説的展開が十分になされた末に迎えたクライマックスなら、いくらなんでもこんな文章にはならなかったはずだ。作者はここでも劇画のシーンのようなものを思い浮かべるだけで、文章はその説明にしかなっていないのである。このあと性的な場面がくるのだが、そこはいよいよ信じがたいほど下手で、とても引用できない。

今のロック・ミュージシャンが性的にも幼稚だとは思えないから、このへんの幼稚さはもしかすると作品の主題と関係があるのかもしれない。これは自己を見失った青年が自己をとり戻す手がかりを得るまでの話で、「僕」はいったん幼稚なところまで退行したうえで再生をはたそうとしているらしいからである。彼が変に純情なのも意図されたことであろう。

それにしても、青年の生あるいは再生に対して、老いと死が対置されているようなつくりでありながら、富樫老人とその寝たきりの老妻が、子供向けアニメ劇画の無害なおじいさんおばあさん以上の存在にならないのは、「僕」ではなく作者が未熟だからだというほかなさそうである。

笙野頼子「タイムスリップ・コンビナート」

冒頭に「マグロと恋愛する夢」というのが出てくる。ひとり暮らしの、「変人」の、世間知らずで貧乏な、もう若くないもの書きの女性が見る夢である。こんな書き方である。

……夢のマグロのいる夢の海は恋に相応しい青さではなく脂の付いた灰色の金属のようにぼっと光り細かい波だけが嬉しげにざわめいていた。そんな海が、枯れ草の生えたコンクリートで固めた丘の向こうの、狭い視界の中にほんの少し見えた……そんな景色の中を歩いていると魚屋があって、木の箱に魚が入っていた。魚のサーカスの夢を良く見るからまたそういう展開になるのだとなんとなく思った。が、サーカスは出て来ず、木の箱を眺めただけであった。箱には魚と一緒にさまざまな形の少しも美しくなく透明度だけが高い瓶が並んでいた。その瓶が妙に欲しくなって私は魚屋の側に寄った。魚を売っていたのがそのマグロだった。と言っても平均的なマグロとは何となく違う。マグロのシルエットを持った影のような生き物、全体は確かに魚なのだが首のところが括れ、眼は興奮した猫のように瞳孔が開き、無論現実のマグロの眼とは違っていた。肌はマグロというより、獲れたての鰹のように銀色で固い。身長は私より少し低く、百六十位か。そのマグロが細い長い鰭をペンギンが翼を出すようにして、先を少し観葉植物のように巻き上げ、人間に似て正面についた逆三角の顔を左に傾けてこっちを見た。私は少し困った。うちの猫が毎日マグロのキャットフードを食べるからだ。マグロではなくて男の人魚かもしれないと思い始めた。というよりそんな考えの中に逃げた。或いはマグロの中から進化したものだと。そう思った時、こちらの心が通じた。マグロはこっちを見て頷いたのだ。恋人としてのマグロ。……

夢について作者はたびたび語ってきたらしく、この一節もうまく書けていて、面白く読める。過去の女性作家でいうと尾崎翠のようでもある。昭和のはじめ、世間知らずな独身女性の孤独な東京暮らしから生まれた「第七官界彷徨」の物語は、平成のいまでも似たようなかたちで再生産できるはずで、笙野さんの文学の一面にはそれがあるように思える。その一面は読者にとってむしろ読みやすいものである。

だが、平成の尾崎翠は、昭和はじめの尾崎翠のようにおとなしげではない。可憐でもけなげでもない。すでに中年を迎えた「変人」として、じたばたあばれたがるようなところがあり、表現のうえでも破調を好む。わざと行儀の悪い文章を書きたがる。

その一面は、たとえば大正時代の葛西善蔵に発する破滅型私小説の「酔狂者の独白」といった趣きのものである。いまの若い女性には（特に性的に）めちゃくちゃな生活をする人がいて、その意識も意外に昔の破滅型作家に似ていたりする。過去の破滅型私小説の女性版をいまうまくやれば、文壇的には受け入れられやすいであろう。笙野さんは生活はまともかもしれないが、酔狂者ぶりの表現を好む。ただし酒そのものは出てこない。代わりにチョコレートのことが延々と語られる。

昔の私小説の「酒」と「女」と「貧乏」に加えて、作者の出自の地方性という特徴を加えるなら、笙野さんの小説にはあとの二つがあって「酒」と「女」（作者が女だから「男」）がないのである。それらを抜いたうえで成り立つ多分に神経症的な夢幻世界がある。「酒」なしで一種の酔夢譚になっているのである。

だが、同じ「貧乏」にしても、現代女性の暮らしにはテレビも電話もワープロもある。人づきあいを好まず蟄居していれば、テレビやビデオの影響が強くなってしまう。彼女の夢の世界も、エレクトロニクスによるヴァーチャル・リアリティーの気配が濃くなってくる。

さて、この小説の語り手「私」は、相手がだれだかわからない夢のような電話のやりとりの末に、京浜工業地帯のどまんなかの海芝浦というところへ出かけていくことになる。恋の相手のマグロの声に誘い出されたようでもある。前半は電話のやりとり、後半は電車の道中と工場の狭間をさまよう場面である。

電話のやりとりは長いわりに面白くないが、「私」が鶴見から海のほうへ行く鶴見線に乗ってからが読みどころになるので、次にそのへんから引いてみる。

　目の前の電車が本当の電車か幽霊電車か、またその電車が自分を沖縄に連れて行ってくれるワープ電車で、そのままタイムトンネルの中に入ってしまうものか、そんな事ももう完全にどうでもよくなってしまっていた。ただ、いつのまにか私は浅野で下りていた。安善と海芝浦に別れて行く駅だ。ホームの前も後ろも右も左も、線路と鉄パイプと変圧器と高圧線で固められている。乗り換えのポイントで降りたと思えば不思議でもないが、その周囲もフードリと工場と石油タンクだ。この世界の中心に来てしまったらしい。海の方向のクレーンと煙突、世界中が鉄の色と鉄に反射する光りでぴかぴかして、どう繋がっているのかも判らない爆発物に満ち溢れている。そうだフードリだった。フードリという言葉が何語なのかも、語源も知らないで、私は使っていた。三歳か四歳でその語を覚えたのだ……あれはアブラを燃やしているフードリだよ。フードリはただ、廃油を燃やす煙突としか記憶していない。素人の使う辞書を引いたって載っていないし、もしかしたら方言だったのだろうか。夜空の煙突の上で炎が揺れ、黄と赤と緑の灯が点滅する。フードリ、そしてコークス。コークスという言葉は知っていてもコークスを見た事はまったくなかった。フードリは祖母の家から遠い、道筋も判らない夜の中にお化けのように並んでいた。夜中じゅう、眠っている私の耳元で鳴っていたのはフードリの燃える音だったのだろうか。祖母の横に敷いて貰った夏布団の中で、庭に面した擦り硝子越しに私はフードリを感じ、硝子越しにザクロの樹が揺れるのを見た。こんな上等の夏布団に子供寝かして、と誰か言った。私はタオルケットの方が良かったのに。フードリの音。

京浜工業地帯が「私」の生地の四日市と重なってくるのである。「私」は鶴見線の「幽霊電車」に乗って過去へタイムスリップするような気持ちだが、同時に近未来の風景のなかへ紛れこんでいくようでもある。それが題名の意味である。

東京の近場へ電車で行って帰ってくる一日のことが、「私」の意識の夢のような混乱をとおして語られる小説である。連想や記憶を総動員して、「夢か無意識か妄想か知らぬがともかくそのあたりのレベルでの神経系の絡み合ったような体温のある繋がり」を表現しようとしているのである。

ここに引用した部分は比較的文章が整っているが、一方に破目をはずした部分がたくさんあって、そこはだいたい幼児性を裸にしたような感じになる。会社名や商品名など、固有名詞が無限に増殖するように出てくる。ちょうど子供がコマーシャルを見ているように。「ＳＦの百年に一度しか出ない地球便ロケットの扉が開く音がして、電車の扉が開く」などというところもある。

電車の終点の海芝浦というところは、プラットフォームの片側が海、もう一方の側が東芝の工場で、東芝社員以外は外へ出られない駅なのだそうだが、「私」はあちこちさまよったあげく、そこへたどり着いて帰ってくるという話である。たどり着いてみると、テレビが取材にきたあとで、テレビを見てひとりでやってきた派手な女性もいる。「テレビがきちんと纏めて行った後の景色を私は見ている」ということになる。そしてその「私」というのも、どうやらジャーナリズムの注文で「恐怖の外出」を敢行して、取材にそこまで行ったということらしいのである。

そのように話は簡単に種明かしされているともいえるが、幼児性濃厚な「私」の意識の夢幻性あるいはヴァーチャル・リアリティーをどれだけ読ませるかという小説で、作者はそのために文章修行を積んできたのであろう。が、まだ読者のほうに少なからず努力がいる段階のように思われる。

私としては、この作者のじたばたから出てくる無数の固有名詞を作品に閉じこめて、どこかへ片づけてしまいたい気分だ。作品を一つのタイム・カプセルにして、もう読まずに、のちの世の言語考古学者の手に引き渡してしまいたいような気持ちである。このガラクタめいた名詞の大群を引き受けるのは、やはり小説の読者ではないだろうという気がするのである。

室井光広「おどるでく」

笙野さんの小説と並ぶもうひとつの芥川賞受賞作（一九九四年度上半期）だが、幼児性による「じたばた」の印象はこちらにもある。

この小説の語り手自身、「成長のない『おいなしっぽ』(子供のまま成長しきれない者)」であることを自認している。「タイムスリップ・コンビナート」の「私」が他人を怖れてアパートに引きこもっているように、「おどるでく」の「私」も、図書館の倉庫や生家の農家の屋根裏部屋を、彼にとっての「サンクチュアリ」と見なしたがるような心の持主である。簡単にいって、これはそんな語り手の知的オタク世界が語られる小説である。だから当然難解で、読者がどこまでつきあえるかは保証のかぎりではない。

語り手の「私」はかつてあることから心理的変調をきたし、日本語で読み書き話すのが苦痛になり、外国語学習のマニアのようになった。たまたま勤めた図書館の倉庫こそ、そんな「使いものにならない語学の達人」すなわち「おびただしい種類のアルファベット精通者」にとって格好の「サンクチュアリ」であった。彼は「目次と序文という書物の玄関口で憩いの日々を送」る。彼は「いつまでたっても成熟せず体系化しない序文中毒者」なのである。

その手の人物が日記を書くとすると、こんなことになるであろう。

……日記に寄せるアンビヴァレントな感情がまずはじめにつづられるのはありふれた現象である。マンネリ感情を打破する方法のヒントになったのは明治の薄幸の詩人石川啄木の「ローマ字日記」だった。露文氏はまず「しようことなしに、ローマ字の表などをつくってみた」という啄木をまねてロシア字のあかさたな……表を作成した。露文氏は日記の日本語の姿かたちからたちのぼるものに耐えられなかったので今度の書き方は画期的だといっている。よほどうれしかったとみえて、「もはや書くことの内容にしばられずに済む。単なる書き取りができる。小学生のように字のれんしゅうだ、さあれんしゅうだ」と前置きし啄木の「ローマ字日記」の一節をロシア字で写したりする。……

話としては、ここに出てくる仮名書露文という男（露文氏）のロシア語アルファベットによる日本語日記を、「私」が生家の屋根裏部屋で見つけたことになっている。「私」はそれを日本語表記に「翻訳」することをつうじて、言語の記号論的アソシエーションの世界に遊ぶことになる。

全篇その遊びと戯れの報告といった小説である。

だから、文章もきわめて評論的で、知的「じたばた」の印象が強い。石川啄木「ローマ字日記」をはじめとして、「オドラデク」という奇妙な物体が出てくるカフカの掌篇小説「父の気がかり」や、十六世紀の宣教師ロドリゲスの「日本語小文典」や、十七世紀ドミニコ会士の「コリャード懺悔録」など、多分にペダンティックな引用に満ちている。評論として読めば知的刺激に富んでいて面白いといえるかもしれない。

だが、それが小説のかたちをとっていることで、読者の受けとめ方は多分に落着きの悪いものになってくる。語り手の「じたばた」というマイナス評価が出てきて、同情しにくい気持ちが生まれてくるのである。小説のばあいは、同じものを引用しても、評論とは違ってこなければならないであろう。たとえば、カフカの「父の気がかり」からの引用部分は次のような文章になっている。

カフカのオドラデクはじつに妙ちきりんな存在である。それはちょっと見には平べったい星形の糸巻きのようで事実糸が巻いてある。ただし使い古しのぼろ糸で、いろいろな種類をごちゃごちゃにつなぎ合わせたふうだ。といいながらじつは単なる糸巻きではなく、脚をもって立っているといい直される、いやもっと詳しい構造説明がなされているが省く。このシロモノはわれわれの土地の方言でいう「やくざれ」(=役立たず)にちがいない。昔はもっとちゃんとした道具であったのではないか、とそう思いたくなるがそれも当らない。全体として意味のないものだがそれなりにまとまりをもつ。これ以上のことはわからない。とにかくそいつは「わらわらとうごく」(露文氏の引いている方言で「おそろしくちょこまかしている」の意)。露文氏はカフカ短篇にまったく言及していないが、以下氏の記述をかりよう。もちろんオドラデクが氏のいうおどるでくに変貌してしまうのを承知の上でだ。それは「おんぞこない」(「御損ない」と翻字してみた。欠陥のある者という意味だそうだ)である。それは「おいなしっぽ」(生い無しっぽ？　子供の状態のまま成長しきれない者)である。それは「しがない」(＝死なない)者である。オドラデクはあるときは屋根裏にいたり、あるときは「ガギ段」(もはや死語になりつつある方言で階段のこと。おそらく鉤状の段からきているのだろう)の踊り場に来たり廊下に現われたり玄関に出たりするがある場合には一カ月も姿をくらましもするという。おどるでくは要するに(と私はそのあいまいさにがまんできず一義的な定義をする)幽霊である。いや単なる幽霊ではないと氏に反論されるだろうから、霊的存在といいかえる。……

カフカの作品は、文庫本三ページに満たない長さながら深々とした印象を与える。ユーモラスでありながら胸に食いこんでくるものがある。そのような作品の生きた姿がこの説明からうかがえるであろうか。「役立たず」とか「全体として意味のないものだがそれなりにまとまりをもつ」とか「おそろしくちょこまかしている」とか、引用されたことばをカフカの文脈のなかに戻したときに生じるふくらみがうまく想像できるだろうか。

小説家が人の作品を扱うときの、微妙な有機体を損うまいとする慎重さがここには感じられない。たぶんそんなものははなから問題にしていない。結果は、それこそただちょこまかと言語的アソシエーションの世界を駆けまわるだけのことになっている。そんな落着きのなさが小説読者を不安にする。なぜこれが小説でなければならないのかという疑問がふくらんでしまう。ちょこまかじたばたする語り手に呆れて、「子供の遊び」なら別に評論のほうでやってもらいたい、といいたくなってくる。

「父の気がかり」のオドラデクは、屋根裏にいたかと思うと階段にいる星形の糸巻きのような小さな物体で、肺のない人のような声で笑ったり、木のように黙っていたりする。その目に見える姿がいかにも印象的に鮮やかである。父なる人が、自分が死んだあと、孫子の代になってもオドラデクは死ねずに、糸くずをひきずりながら階段をころげたりしているのではないかと胸をしめつけられるように思う、というところでオドラデクのイメージはもっと鮮明になる。

「おどるでく」の作者は、カフカのオドラデクから「踊る木偶《でく》」を引っぱり出し、「一種の厄除け人形」と説明し、民話の「スマッコワラシ」をもってきて、「まったく正体不明のシロモノ」「霊的存在」「霊的視点」「幽霊」という具合に目に見えないものに変えていく。つまり、カフカ作品の鮮明なイメージからあっさり離れていってしまう。同時に、作品の抽象的な統一も捨てていく。それは「小説が語られる内容で勝負するとしたら、おどるでくは語り方、その表層に姿を現す」といった記号論的説明が示すような方向である。そこに衒学趣味が盛りこまれて、作品をいよいよ混濁させ不鮮明にしていくのである。

話としてつまらない気がするのは、屋根裏で発見されたロシア字日記が古文書ではなく、たった十四、五年前のもので、すなわちそれは語り手の思春期が封じこめられているような文書だという点である。当然直面するのが恥ずかしいもののはずだから、「書かれた内容よりもむしろその〝書きかた〟が限りなく重要であるような文書」であることになる。が、そういいながら語り手は、その七冊の日記をすべて日本語表記に直してしまう。つまり「書かれた内容」への執着断ちがたいものがあるのである。その「内容」とは、「学生時代から事業家として活動し、郷里の後輩を取り巻きにしながらその生活の面倒も見ていた」「天才思想家兼事業家」の到さんや、その妹で自殺未遂者（?）の「サーシャ」や、親友「露文氏」との関係であるらしい。そのことがチラチラ漏らされる。

どうやらそれは、到さんが「われわれの地方から東大に合格した三人衆の一人」だといった類いの、狭苦しい思春期神話を超える話ではなさそうで、「内容」が見えてしまうと索然とさせられるところが、この小説の危うさ、頼りなさというものであろう。

柳　美里「石に泳ぐ魚」

劇作家として注目されている二十六歳の女流の処女小説三百二十枚である。小説を書くべき人が書いているという思いがけない印象があり、この年齢でこれだけ読ませるとはと驚き、読後たいへん気持ちがよかった。

作の前半はおもに、在日韓国人の若い劇作家である「私」が、自作が上演される韓国へ行って顔に醜い腫瘍のある女子大生里花と知りあい、また上演の推進者と喧嘩してパニックに陥るというような、母国にまつわる経験が語られる。

後半は、日本での「私」の戯曲の上演を成功させた演出家との私闘、演劇関係のカメラマンとの情交、妊娠と「不育症」による特殊な堕胎手術など、自他を激しく苛むように生きる「私」の生活が書かれる。若いころの石原慎太郎氏のような男性作家による「性」と「暴力」の小説が、いまでは女性作家によって書かれているという印象さえ受ける、激しいタッチの小説である。「私」は東京の演劇世界で神経過敏に生きながら、自分のなかの暴力的なもの、攻撃的なものをしばしば抑えきれない。ちょっとしたことから「足下の雪崩」が起きて、暴走してしまう。性的にいっても同じことである。

一方、「私」には在日韓国人としての家族関係の世界がある。別居している両親のほか弟と妹がいて、皆ばらばらだが、まめに連絡をとったり顔をあわせたりしている。母国韓国に対しては、少なからず距離感ないし違和感があり、そちらの関係といえば、知りあったばかりの里花とのつきあいだけである。もともと東京育ちの里花は、東京芸大大学院入試のためにソウルからやってくる。

前半、はじめて韓国へ行く場面もずいぶん遠慮のない書き方だ。前日まで仕事でワープロを叩いていた「私」の「理由のない不快感」がのっけから示される。「微塵の興奮もない」と切って捨てるような調子だし、韓国人や韓国語についても意地が悪すぎるくらいである。「私」の戯曲を上演しようと骨を折っている男とのいら立たしい食い違いがいちいち語られるのだが、「私」は「居心地の悪さが膨れあがり破裂しそう」になり、実際に破裂してパニックに陥る。作家として招待されている立場の「良識」など蹴散らすような率直さが、読者をぐいぐい引っぱっていく。

家族に対しても率直な調子が保たれている。それがところどころ強い描写を生み、同時にユーモアをも生んで、母と娘のやりとりを書いたとてもうまい数ページがある。在日韓国・朝鮮人作家の小説に家族の話はつきもので、家族を書いておのずからユーモアが漂う例が多いが、柳《ユウ》さんの激しい小説も同じ特徴をもっている。

生きているのは家族関係ばかりではない。性の関係もそうで、率直さはこちらにも十分に発揮されている。辻という中年カメラマンとの関係の発端をどう書いているか見たい。

「今夜はきっと辻と寝るだろうという予感があった」というのがその一節の書きだしである。「その予感が確信に変わり」、深夜の車の中が「腥《なまぐさ》く」なってくる。が、辻がためらっているらしいので、「頭の皮膚がちりちりするほど疲れ果てて」実力行使に出る。「帰ろうか」という辻の握るハンドルを「私」は奪おうとし、それから抱擁場面になるが、中途半端なまま辻は結局ホテルへ行きたがらない。「裏切られたのだ。憎悪は私の中に小さな穴を穿ち、それは砂の船にあいた穴を思わせる無残な崩れ方でみるみるうちに広がっていった。」

「私」の次の実力行使は勝手に半裸になることである。「私は何度もこんな衝動にかられてきた気がする。私にとっては懐かしい、見慣れた光景だと思い、微笑む。他者とのずれが私を矮小に猥褻に貶める、嫌悪と憎悪の斧を与える、これは私への拒否だ。……信号の赤い光が私の軀を赤く縁取っている。」

それでも辻が応じないので、「私」は雨の中へ飛び出し、服を着る場所を探して近くのマンションへ入りこみ、屋上まであがってしまう。

……肩に全体重をかけて押すと、扉は開いた。迸るように暗闇が迫ってくる。プールの底のような四角い屋上は身振り手振りの人影でいっぱいだった。私はいつの頃からか自分の裡に棲む場所を失くし、常に何処かへ逃れようと焦っていた。手も脚も軀も頭も邪魔だった。まるで脱げない最後の服のようだった。十四歳から十七歳までの間に私は二度、自殺未遂をした。風は眼をあけていられないほど強かった。スカートが嵐の中の帆のように脚に纏いついた。背後で扉が閉まる音がした。風が扉を押したのだ。私はバッグとハイヒールを金網の下に揃えて置いた。そして金網に攀じ登った。雨で手と脚が辷る。何故か脚から落ちるのは厭な気がする。頭から真っ逆さまに落ちたかった。……

男女のちょっとした馴れ染めを書くにもここまで行ってしまうという小説なのである。この引用からもわかるように、若き日の石原慎太郎作品に似て、舌足らずに焦り立つような調子が、どうしても文章を俗にしてしまうところがある。「惨めな快楽の記憶は腐乱死体のように私の上に覆い被さる」といった悪文もまぎれこむ。引用は途中でやめたが、「私」は父親からポケベルを持たされていて、屋上の金網を跨いだ瞬間ポケベルが鳴ることになっている。それではぶちこわしというものだが、作者は父と娘の紐帯を暗示したくてところどころでポケベルを鳴らすのである。

そのような安直な比喩による意味づけが、かなりの程度に作品を損っているのは事実である。特に、里花の顔の左側にある大きな腫瘍を魚のイメージで語るのはいいとして、やがてそれを韓国の家の戸口に吊るす魔除けの干魚と結びつけ、「私」にとって里花はぜひとも必要な魔除けなのだと説明されると、あまりに強引、安直でがっかりさせられる。里花とのつきあいを軸にした話だけに、それは全体の出来にも響いてしまう。父親像と重なるところのある正体不明の中年男が何度か出てくるのも、演劇ならいいかもしれないが、小説では正体不明がかえってつまらない意味だけを浮かばせてしまうので逆効果である。

総じて、作品をまとめあげるための無理が目立ち、無駄なエピソードが多く、乱雑なまま投げ出されているという印象は否めない。里花が韓国の新興宗教の世界へ入りこんでしまう結末も苦しまぎれのようである。比喩の使い方や意味のつけ方がまずいのも、長い処女作に力が入りすぎ、性急に語りすぎたための失敗といえよう。

だが私は、そんな欠点に気をとられるよりも、この小説の語りがほぼ一貫して生きている点に強い印象を受けた。作者は何はともあれ生きた語りを持続するために精力をつかっているので、構成上の無駄はあっても、語りが死んでいるところはない。だから退屈しない。若いエネルギーの羨むべき流露を認める気持ちになっていく。

表現の率直さ、直截《ちょくせつ》さが、なかなかうまい人物描写を生んでいる。特に会話がうまくて、里花以外の主要人物は皆それなりに生きているといっていい。(里花は、顔の腫瘍に邪魔されて、もうひとつよく見えてこないようなところがある。)語り手についても、情人の演出家は「あなたは非道い女《ひと》だね」といい、会ったばかりの別の演出家は「噂の通り難しい人みたいね、あなた」という。こんなせりふから、語り手の人物としての実在感がふくらむ。登場人物たちの中心にその実在感があって、語りが生きてくるのである。

私はそんなふうに面白く読みながら、だいぶ前に目を通した新聞の批評家の文章を思い出し、探してみた。蓮實重彦氏の「文芸時評」だが、蓮實氏は前回の芥川賞の二作家の仕事と比較して「石に泳ぐ魚」を否定している。選考委員古井由吉氏が笙野、室井両氏の作品を評して、「土俵際から始まる相撲のようなものだ」「小説を書くことのむずかしさは、なかなか小説にはならないというところよりも、どうひねってても小説になってしまうところにあるようだ」といっているのを蓮實氏は引き、「たやすく小説には似まいとする姿勢において、小説の歴史性と触れあっている作品」である両氏の仕事とは対極的な「小説のイメージに対してあまりに無防備すぎ」るものとして、柳作品を全面的に否定しているのである。

古井氏の「土俵際から始まる相撲」云々は、氏自身の小説の方法のようでもあるが、笙野、室井両氏の相撲が面白いかどうかについては何もいっていない。だから、蓮實氏が受けとったような「誉め言葉」といったものではない。「どうひねっても小説になってしまう」云々についていえば、前衛的な手法の作品が一歩間違うと案外古くさい俗な「小説」になってしまう危険性について語ったもの（つまり笙野、室井両氏の仕事への危惧をそれとなく述べたもの）だったと私は記憶している。

蓮實氏はそのことばについて、「いま、小説というジャンルが抱え込んでいる歴史的な困難と、それにあえて立ち向かおうとする作家のとるべき姿勢をよく伝え」るものだという。古井、笙野、室井三氏を一緒にして、きれいな一般論を語っているのである。だが、実作者としては「姿勢」だけを抽出していっしょくたにされては困るはずで、たしかにその「姿勢」がないわけではない古井氏は、一方、蓮實氏が「小説の歴史性と触れあって」前衛的に書くとでもいうところを「ひねる」という一語で片づけて、「どうひねっても小説になってしまう」前衛小説のつまらなさを指摘する人でもあるのである。一般論的な前衛性に頼って小説が書ければ楽だ、ということの裏返しのいい方が、「どうひねっても小説になってしまう」（いくら前衛的な工夫をしても「小説」から逃れられない）になるということを考えるべきであろう。

調べてみると、芥川賞の選評で古井氏は、「反小説的な道を容赦もなく取る作品が、（略）小説の域の内に入ると、かなり通俗的になりかかるのが、ひとつひねった『自己否定』のごとくに思われる」と書いている。前衛的な小説の通俗性を皮肉っているわけである。

蓮實氏はそんな皮肉はものともせずに、「たやすく小説には似まいとする姿勢」をひたすら求める立場に立っている。その立場から、「石に泳ぐ魚」を退屈に思い、「これほどの素朴さで小説への武装解除を受け入れてしまうことにはいささか驚かざるをえない」という。

ここで「小説への武装解除」といわれていることの意味を文脈から探ると、比喩や意味づけが単純すぎて俗な話になっていることが指摘されていて、そこを指して蓮實氏は「小説」といっていることがわかる。しかしそれは、さきに述べたように、この小説の失敗しているところ、へたな部分なのであるが、蓮實氏の批評はだれにでもわかるその欠点を拡大して、それだけを難じたものになっている。「この長篇の作者は、題材とそれを処理するみずからの想像力とが、発想の段階からすでに救いがたく小説的なものである危険にほとんど苛立ってはいない」と氏はいい、ひたすらこの小説のへたな部分に苛立っているのである。結果としてあらわれた欠点を「発想の段階から」というのが氏の立場というものである。

立場は立場として、この種の一般論によって二十六歳の新人のあらゆる美点が無視されるのを見るのは楽しいことではない。しばしば尖鋭な文学観の持主と見られることのある古井由吉氏も、「なかなか小説にならない」ことに苦しんだりせず楽々と生きた語りを展開しているこの作家の小説を、「救いがたく小説的」ということばで切り捨てることはおそらくできないであろう。「『どうひねっても小説になってしまう』ことの危険にたえず自覚的な作家だけが『小説の現在』と触れ合う権利を持ちうるのである」というのが、文学青年風の言挙げでなければ党派的主張のようだとすれば、古井氏は自説を誤読される恐ろしさを思わざるを得ないであろう。

伊達一行
「光の形象《かたち》」

これも「文学界」の目次に「新鋭力作二百枚」と大書され、巻頭にのっている。新人の「二百枚」は相変わらずである。

芥川賞選考委員が、何か勘違いしているのではないかといったり、編集者と協同で一、二度書き直すべきだといったりしているのは、表現が未熟すぎ、乱暴すぎるからである。それでも、多くの委員がこの作品に興味を示している。マレーシアの華人女性との結婚問題に振りまわされる男の話で、材料の切実さと「日本とアジア」の問題のなまなましさが、当選作なしの前回、選者の興味を惹いたらしいことがわかる。

表現上の問題がいやでも目につく。これでもかといわんばかりに欠点が露骨である。選考委員の通読の苦労にしんから同情させられるような文章だというほかない。新人といっても伊達氏は、すばる新人賞で出てからすでに十数年という人だ。文章表現のうえでこの種の未熟さを十数年維持するというのは、かえってむつかしいのではないか。

どうやらこれは、作者が大事な材料を力作に仕立てるために新しく工夫した文章であるらしい。暑いマレーシアの話なので、同じ亜熱帯アジアをしばしば材料にした開高健の文章を参考にしたのかもしれない。もしそうだとしたら、いかにも無謀な話である。開高健がきわどく作りあげた独特な文体をなまじっか真似たらどういうことになるか、少しは考えなかったのだろうか。

まず書きだしを見よう。


島にいた。

季節がない。

光がいちじるしく、だしぬけに降る気まぐれな雨も気《け》うとい思いを洗い流すことはない。密林《フータン》の根がスポンジのように多量の雨を吸いこむように、うらさびた陰鬱が紘二《こうじ》の心の下層土に浸みこんで、ときに地崩れが起きそうなあやうい気分になった。そんなときは眼をなかば閉じるようにして、やりすごすしか手はない。じっと微睡《まどろみ》の波にゆられているうちに、散乱する光にもしずかな覚悟のごとき清澄があるのをみとめると、やがていらだちも日向の水たまりのように蒸発していく。


島というのはペナンで、「季節がない」「光がいちじるしく」は亜熱帯の説明だが、そんな一般的説明から入って「うらさびた陰鬱」ということばが来る。熱帯地方の「陰鬱」については、たとえば金子光晴のような人が昔から語っていて、いまの亜熱帯の、昔より力が弱まった自然のなかの「陰鬱」を、この作者らしく語らなければならないところであろう。だが、それがなくて一般的なことしかわからない気がするのは、大げさなわりに平凡な文章のせいである。芥川賞選考委員たちは口をそろえて「美文調」といっている。美しくなくても大げさな文章を「美文」という。

ところで、開高健ふうからより伊達一行ふうになるのは、次のようにわざと古語をまじえて語られるときである。二つのセンテンスに三つの古語があって奇異な印象を与える。

これから彼女と生まれてくる子供を奪い返しにいくのだと思うと、おぼおぼしい不安と、期待に彩られた決意がいりめきあって、なかなか緊張を解きほぐすことができなかった。本を開いても、思いは行間でゆらめき、緩慢な時間の流れがなまぐるしい。

そのすぐあと、ペナンに近いマレーシア半島部のスガプタニという町に住む女主人公について、凝ってはいるが型どおりでどんな女かよくわからない説明がある。

……いまやっと愛鸞《アイルアン》の近くまできてみると、思いだされるのは、含羞《はにかみ》をただよわせながら真夏の光のように透徹した彼女の笑顔であり、みずみずしく張りつめた肢体だった。彼女には熱帯の果実を思わせるところがあった。はげしく変化する苛烈な気候から身を守るために頑丈な外皮で防御しながら、内部は長い灼熱の午後のうたた寝をその芯に抱きこんで、爛熟寸前の甘味をたたえている。闇にまぎれて軀を合わせると、しっくりした安定と、つつみこんで甘なうように応じてくる旺盛な炎暑があり、雨季に似た過剰なほどの潤いがあった。それらの記憶がつい昨日のことのように喚起された。

たぶんモデルがあるはずなのに、これでは「熱帯の女」というパターンにはめて頭で作った人物のように読めてしまう。開高健スタイルをへたに真似ると、こんなに俗な文章になってしまう。この語り方では、実際にいまのマレーシアに住んでいる生身の女性と、彼女を深追いする日本人男性の葛藤の真実が、やがて見えなくなってしまうであろう。マレー人の血が少し混った華人である女性は、実際にはこんな「熱帯の女」イメージから少なからずズレているはずだし、また男のほうも、熱帯アジアで身をすりへらす冒険的な作家かジャーナリストの自己イメージにとらわれていて、自己劇化が目立つ語りなので、そんな二人の葛藤の物語は、そのほんとうのところがわかりにくいということになる。

じつは、マレーシアの場面ばかりでなく、東京の場面も少し含まれているのだが、おもしろいことにその場面は、女も男ももっと自然に書かれている。自己陶酔しにくいふつうの場所のふつうの男女の姿がそこにはある。ところが、マレーシアへ場面が移ると、一転して「冒険作家」の気取った語りになってしまう。つまり、東京の場面では自己劇化がむつかしいが、熱帯の場面ではそれができてしまうということであろう。

「激しくたたきつけるような」調子というのはひとつの流行かもしれず、また行動的な「冒険作家」の俗なイメージも広まっている。おそらく、その二つのものに頼ってこの小説の語りが生まれ、その「美文調」が作者にとって大事な材料を通俗的な話に変えてしまったということであろう。通俗的というのは、人物も「アジアと日本」のとらえ方も結局型どおりということだが、のみならずマレーシアの自然の書き方さえ、ありふれた熱帯イメージを強める方向で「劇化」される、誇張の多いものになっている。実際のペナンや対岸のケダ州の自然は、この書き方ではよく見えてこないのである。

以上のように、この小説の問題点はほぼ表現上のことに尽きるといってもいいのだが、話の内容にも少し触れておきたい。

女主人公をあきらめきれない青年はペナンに住みつき、事務所を開いて日本へホステスを送り出す仕事をはじめる。その種のきわどい商売の内実や、仕事仲間になる現地の人たちのことがくわしく語られる。女主人公の父親は戦時中日本軍に親兄弟を殺された怨みから青年に切りつけようとし、娘との結婚を認めず、娘を無理に華人青年と結婚させるので二重結婚のようになる。そのごたごたを解決しようと青年はあらゆる手を尽くす。

それらの事柄は、ひとつひとつ事柄としてのおもしろさをもっている。わき役の現地の人たちのスケッチがリアルなのは、力を入れずに描いて型にはまらずにすんでいるからである。文中に頻出する彼らの福建語も、この小説のおもしろい細部になっている。要するに、決して頭では作れない部分が生きてそれなりにおもしろいのである。

ただ、たくさん詰めこまれているいろんな事実の説明は、荒っぽい体験記録を読むように乱雑だ。叙述があまりに未整理なので、次第にていねいな読み方ができなくなってくる。「一九九二年二月」というような日づけがいくつも出てくるのは、作者にとって記録として大事だからかもしれないが、小説にとってはほとんど意味がない。そんな書き方でいながら、作者は後半、啞のマレー娘を登場させて小説くさい話を作っていく。体験記録ふうの文章と小説ふうの美文調が、水と油のようである。最後に破局が来るところも、多分に不自然な小説らしさが極まるような趣きがある。

保坂和志「この人の閾《いき》」

「激しくたたきつけるような」調子の乱雑な小説がたくさん書かれている中で、今回（一九九五年上半期）の芥川賞をもらった保坂氏は、意識的に力を抜いた自然体の語りを工夫して、一見雑駁そうでその実すっきりと仕立てられた一小世界を示してくれる。

「小田原、一時」という約束の時間に着いて駅前から電話を入れると、すでに電話でだけは何度も話している奥さんが驚いた声で、小島さんは今日は朝から真鶴の方へ出掛けてしまって戻るのは四時か五時だと言うので、ぼくは「それならまたその頃電話します」と答えた。

こんな書き出しだが、この文章はなかなかどうして無造作ではない。見えない技術といったものが感じられる。語りの調子はだらだらとゆるんでいて、この小説に出てくる女性のせりふに、緩くできている長い小説が暮らしのテンポに合っていて好きだというところがあるが、作者もそんな考えでこの調子をつくっているらしい。先輩作家を探すと、田中小実昌や庄野潤三の文章が似た調子をもっている。

それでも、保坂氏のは原稿の書き方までだらだらを強調するようで、長くもない会話のカギカッコの中まで改行してしまうので、なんだかジュニア小説でも読んでいるような感じになる。「ボケーッとしているのが好き」ないまの若者の感覚にも合うらしいつくりになっているのである。

話は単純で、小田原へ訪ねていった相手が帰るまでの時間つぶしに、大学時代の先輩女性真紀さんの家へ行って十年ぶりに再会し、一緒に庭の草むしりをしたりする数時間が語られる。小田原で主婦として暮らす三十八歳の真紀さんの現在が見えてくる書き方である。

夫に対しても子どもたちに対しても、真紀さんの心がそれなりの複雑さ、深さ、あるいはふくらみをもってきていることが感じられ、それが十年の経過を示しているのだが、語り手の「ぼく」は、ちょうど独身者が人の家庭を覗きこんでなんとなく感心するような具合に、「この人の閾」というものを考えるのである。

真紀さんは家族がいない昼間、三日に二本のペースで映画のビデオを見、外国の長篇小説や哲学の本を読む。教養のためというより楽しく時間をつぶすために「長い長い話」が必要だというのは、さしずめディケンズの時代の英国中産階級の家庭婦人といったところである。彼女は夫や子供たちを愛しているが、妻なり母なりの型にははまっていなくて、彼女の生の中心がどこにあるのかわからない。
　真紀さんのいる場所はいまのこの自分の家庭の中心ではなく、家庭の〃構成員〃のそれぞれのタイム・スケジュールの隙間のようなところで、それでは〃中心〃はどこにあるかといえばたぶんそんなものはない。子育てというか子どもの教育を中心に置いてしまうような主婦もいるが、真紀さんの場合どうもそれもなくて、たとえばモンドリアンの絵のように色分けした画面分割だけのような絵や、誰の絵か忘れたがふわっと彩色されたキャンバスの上で何本もの斜線が交差し合っているような絵を、ぼくはそのとき想像した。そして、現代芸術というのは絵画も音楽も何でもどんどん抽象度を増すが、家庭もそうだったのかと思ったりした。

　草むしりをするうちに子供が帰ってきたりすることを語るだらだら調から、こんな説明（あるいは意味づけ）が出てくる。「ぼく」の癖の「まわりっくどーい話し方」が多分に文学的な感じになったりもする。そこをもう少ししたたかにすると小島信夫や後藤明生のようになるかもしれない。ただ、「ぼく」はサラリーマンなので、会社で働くということについて、「動かされない駒でいつづけ」ることについて、嫌いなタイプの同僚について、年賀状に書いた「働くことに思想はいらない。思想がなければ怠けられない」ということばについて、折にふれて語られるが、そういうところはこの作品の弱い部分である。「有能そうにつくっているというつまらないやつ」（傍点作者）の悪口など、いわずもがなのことをいわずにいられないのが弱さというもので、それが露呈されると、小説というより今の凡百のおしゃべりエッセイのたぐいに堕してしまう。

ところで、この小説の調子について、ある中年男性読者はかなり読みにくいといった。逆に、二十三、四の女性は楽に読んで、「だらだらしてるんです。全然締まらないんです」と大いに共感を込めていった。私はどうかというと、楽に読めそうなことは十分にわかるが、実際には読むのに時間がかかった。一息には読めなかった。

そのことをどういったらいいか。こちらを特に客扱いしてくれるわけでもない人の家で、その人たちの生活に合わせて退屈に過ごす感じ、といったところだろうか。自分の家にいるときより時間のたつのが遅い。いわばページをめくる前に目をあげてしまうような滞りがちな時間である。その家の日常性、その感覚、テンポに合わせて一日二日と過ごしてみると、あとに何やら空しさが残る。疲れも残る。……

この小説の真紀さんは、ビデオでも本でも際限もなく消費しつづける人である。「読み終わっても何も考えたりしないでいいっていうのは、すごい楽なのよね」。ここには人が自分の消費生活を肯定、主張するときの独特の調子がある。真紀さんという人物はなかなか魅力的に書けているのだが、読み進むにつれて、その魅力よりもむしろ、いまの時代のやや高級な消費者像がはっきりしてしまうようなところがある。いまの世の中、高級低級を問わず、消費者そのものといった人がいよいよ多い。私はそういう人の消費生活とはあまり関わりたくないし、辛抱してつきあうにしても、ひたすら退屈に耐えなければならない。

人の家の日常性、その消費感覚に合わせて過ごしたあとしばしば空しくなるのは、ひとつにはそこの人たちが自らの空虚を何らかの主張に変えて押しつけてくるのを感じるからである。押しつけがましくない書き方を工夫した「この人の閾」から結局私が感じとってしまうのは、「何もない」ことに自足しようとする消費者の主張のようなものである。

「何もない」ということについては、真紀さんとの再会そのものが「十年の不在は『不在』よりももっと何もない、それを不在と感じるようなものすらなくて」というふうに語られる冒頭から末尾に至るまで、この小説のあらゆるところで強調されている。「ぼく」にとっては、歴史ある小田原の町も「何もない」場所なので、結局真紀さんの家の雑草とハーブの生えた庭に簡単に置き換えられてしまうのである。

角田光代「真昼の花」

いまの若い女性作家のものには、昔の「破滅型」男性も顔負けの、自他を苛む激しさで読者を驚かすような小説が少なくない。「海燕」新人賞で出発以来活躍している角田《かくた》さんの「真昼の花」百七十枚（「新潮」一九九五年十二月号）も、語り手のほとんど投げやりともいえるむこう見ずな行動が、条件次第で破滅的になり得る。これは前にとりあげた伊達一行氏のものと同じ海外小説で、たぶん少し前の時代の熱帯アジアの最貧国を文なしでうろつきまわるひとり旅の経験が語られている。

ただ、伊達氏の小説が凝った「文学的」表現で失敗していたのに対し、これはその種の文学性とは一応無縁の語り方である。特にはじめのほうは、何でも平板に説明してしまう能弁調で、小説を読んでいる気になかなかなれない。旅先の熱帯の国々の名は伏せてあるが、この調子ならいっそのこと地名を全部出して、ジャーナリスティックな無手勝流旅行記にしてしまえばいいのにと思ったりする。
一箇所だけ文例を拾ってみる。

……食堂から立ちのぼるスパイスと、魚と肉の生臭さ、見たことのない野菜の新鮮な香りが混じり合って路地に充満し、自分が気に入った匂いの元にたどり着こうとしている蠅になった気分になる。カセットテープ屋は大音量で覚えやすいメロディの曲を流し、ものを売る人々はそれに負けじと大声をはりあげて呼びこみをしている。私のまわりで渦巻く何一つ意味のわからない言葉は、熱気を表わすＢＧＭになって耳に届く。肩がぶつかっても人々は気にもとめず目当てのものを物色している。踏みつけるコンクリートには魚の血と、腐った生ごみに似た悪臭を放つ黄色い液体がよどみ、鶏肉の骨や切り落とされた魚の頭が落ちている。その雑多で不潔な光景は、懐かしさと興奮と、愛しさと焦燥とを私に抱かせ、夢中で人々の合間をすり抜けながら、大声で叫ぶか泣き喚くかしたい衝動にかられていた。

これをもう少しこざっぱりとさせれば旅行雑誌の文章になるはずだが、小説として読むときは、「気に入った匂いの元にたどり着こうとしている蠅になった気分」というところと、「大声で叫ぶか泣き喚くかしたい衝動にかられ」るというところだけに目が止まり、ほかのことばは何も印象に残らずに流れてしまう。

だから、私は三分の一くらいのところまでは退屈だった。たしかに取り得というべきものはあって、それは語り手の「私」が貧しい国に文なしで滞在する感覚をちゃんとつかんでいることで、現地でどんなに抵抗を感じることでも「一度やってしまえば次からなんともなくこなせるようになり、それらを一つ一つクリアしていくと、まるで今まで自分を覆っていた重たい布地がゆっくりはがされていくようであり、自分が何ものでもなくなっていくような快感を覚えた」と語るようなところに信用をつなぎながら私は読み継いでいった。それがなければどこかで読むのをやめただろう。

たくさんの若いバックパッカーたちが、安あがりの国々をへめぐって暮らしながら日本へ帰ろうとしない。帰る日を一日でも先延ばししようとする。この小説の「私」もそうで、一箇所に長くいると「自分がその場所にいる意味は次第に薄くなっていく」が、「この先に何か見たいものがあるから移動を続けているのか、それとも帰るきっかけを失ってそこにいるだけなのか。あるいは、先へ先へと進みたいのか、何かを得て帰りたいのか」結局何もわからなくなって、ただ帰国を先延ばししつづける毎日である。

そのうち、闇両替のインチキに引っかかって持金の大半を失い、道端に坐って日本人が金を恵んでくれるのを待つことになる。同じころ、長旅のバックパッカーの青年アキオと知りあって安ホテルの部屋を「シェア」することにするが、小説としてはようやくそのへんからおもしろくなってくる。

一円でも節約して一日でも帰国を延ばしたい青年は、自分のホテル代節約のために同室を申し出るだけで、もちろん金は貸してくれず、男女の関係にもならず、「隣のベッドに寝転んでいてもそこには透明の壁が存在しているよう」である。そんな薄汚いような、酷薄なような、荒涼としていて気楽でもあるような男女の風景がよく書けていて、おもしろくなってくるのである。「私」は青年アキオのもとからひとりで物乞いに出かけていく毎日になる。

「私」はTシャツやショートパンツや靴下を金に替えて食事をし、まだ下着だって売れると思いながら追いつめられていくが、やっと一人の中年の菓子会社駐在員が金を貸そうといってくれる。

その男と贅沢なレストランで食事をし、男がメイドを使って暮らしているプールつきのがらんとした家へ行って、日本から送ってきた男の家族のビデオテープを見たりするところもうまく書けている。「私」は男から封筒に入った金を受け取る。話としては、そのあと「私」が売れる最後のものを男に差し出すことにしてもいいし、そんなことはせずに金をちゃんと返すつもりで別れてもいい。どちらにしても、そこから先、男から得た金を十分に生かしておもしろい展開を考えることができるであろう。

私は、むしろこのあとは、男から得た金で暮らす一日一日の細密な記述を連ねて、疑似旅行記のようにしてしまったらどうだろうかと思った。というのは、そこまでの書き方が、小説をつくるというより、フィクショナルに貧乏旅行記をつくっているようなところがあるからである。おそらく人から聞いた話などもいろいろ混ぜてつくろうとしているのが、文学的な小説というより、「実録」としての最低旅行の記のようだからである。

「文学的」なものがまったくないわけではない。「私」は、今なおどこかを放浪中の兄に惹き寄せられるように旅に出て、兄の手を求めつづけているといった説明が何度も出てくるし、熱帯の貧しい国に敗戦後の混乱した日本の姿を重ねて亡母とのつながりを思うところがあったりする。ただ、この作品のばあい、そのような「文学的」なところはあまりおもしろく読めない。

アキオとの共同生活について、「けっしてなれ合わない彼の態度は気楽でもあったが、なぜだか無性に私を腹立たせもした」と書き、その一行だけでその前もあとも腹立ちの中身を一切書かないのは、「文学的」になりそうなところをむしろ避けているというふうにも見える。中年の駐在員との場面も、文学的内容がいちばん豊かになるはずのところである。そこを十分に展開させないのは、能力の問題もあるだろうが、そんな内容を無意識に避けようとしているのかもしれない。「私」は中年男に対して特に何を思うでもなく、好感も嫌悪も感じないいまま、突然サイドテーブルを思いきり蹴とばして抱擁場面を逃れてくるのである。

ここでは、インテリのようなしゃべり方をする駐在員が「文学」を思い出させ、ほとんど何を思うでもなく無計画無鉄砲な旅をつづけてその旅の日々が「ただ景色を写したポストカード」にすぎないような娘は「非文学」そのものだとすると、ここはその両者がいやな音をたてて衝突するような場面だと見ることもできよう。

問題はそのあとの書き方である。さきに述べたように、「私」が駐在員から得た金で暮らすその後の一日一日を疑似旅行記ふうに書いていけば、「非文学」の側の一貫性が得られるであろう。その日録のなかに、中年駐在員の影がはっきり落ちていればおもしろいだろう。そして、非文学的日録がどこかで文学になっていけば、読み応えが生じるであろう。もちろんどんな書き方もできるはずだが、いずれにせよ作者はここのつなぎ方を間違えているように見えるのである。「私」が駐在員のところから逃げてきてすぐ、日本のボーイフレンドに頼んであった金がようやく届く、ということになっている。なぜそうしたのかわからないが、金が二重に手に入ると「私」の生活は急にゆるんで、アキオと「暇だねえ」といいあうようになってしまう。

ここで私はほんとにがっかりした。語り手の「私」は以前の「腹立ち」を忘れたように、一銭も助けてくれなかった相手を食事に誘い、アキオは「軽い足取りでついてき」て、二人は浴びるように酒を飲んで帰ると「格闘技」みたいなセックスをする。そしてそのあとは、勝手にいなくなったアキオを追っていった先で、重病のアキオを「私」が看病する話になってしまうのである。

この小説の後半は、中年駐在員の金があくまでも生きつづけて、複雑に作用するようにつくっていくべきだろうと思う。そういうかたちで彼の存在感を残すようにしないと、話が二つに割れた感じになる。彼が薄汚れた放浪娘を抱こうとした瞬間、思わず顔をそむけたかそむけなかったかといったことも、あとに残るようにしたらよさそうだ。

アキオは性の相手にならないままのほうが人物としておもしろいので、二人に関係ができてからの後半全体が平凡な感じになってしまう。後半だけ別の作品にすれば、その部分の材料があらたに生きるだろうと思われる。

又吉栄喜「豚の報い」

小説というものが常に避けようもなく「いまどき」のものだということは、いさぎよく覚悟しておく必要があろう。そのきわどい時代性に腹が立つようなことがあっても、どこかでそれを堪《こら》えるつもりにならないと始まらないかもしれない。特に、芥川賞作品のようなものを、そのいまどき性を無視して読もうとしてもなかなか読めるものではない。

だが、時代の関心事が一応うまくとらえてあるようでも、小説としてそれだけでは満足のしようがないということが当然ある。時代性を超えたものを探して何か意味づけするような読み方は、しようと思えばできる。が、読者というものは、意味づけなどより、作品が一個の小説としてうまく成り立っているかどうかをまず見きわめようとするもので、その見きわめもつかないまま満足するというわけにはいかないのである。つまり、それは小説がどこまで出来ているかの問題で、何も出来ていないものに感心するのはもちろん小説の読者ではない。

さて、今期（一九九五年度下半期）の芥川賞は、大城立裕、東峰夫両氏のあとずいぶん久しぶりに沖縄の作家が受賞した。又吉氏の受賞作は沖縄の離島が舞台で、「ヤマト」の東京中心の社会とははっきり違う世界が語られている。

いまの時代の関心が沖縄に向くということがあり、「豚の報い」が選ばれた理由はわかりやすい。近代日本のシステムがどうやら行きづまって、われわれは途方に暮れているからである。自信を失った「ヤマト」にとって、古代的なものを残した沖縄世界が生彩を帯びたものに映る。自然との共生ということも、いまや緊急の課題である。

もうひとつ、小説が生まれる「場」の問題がある。人が生きる土地の力が強ければ、そこから物語が自然に生み出されるが、現代の大方の土地はそんな力を失っている。だから、小説の「場」がはっきりしないところで何かが語られるといった小説が多い。そんな「何もない」世界の物語ではない、何かがある「場」の物語をあらためて求める気持ちが、沖縄小説に目を向けさせることになる。

「豚の報い」は、沖縄本島のあるスナックへ、突然豚が一匹飛びこんでくるというところから始まる。（書き出しはそうなっていないが、そこから始めるべきだ。）きわめて卑俗な人間世界への豚の侵入である。豚にのしかかられたホステスが「魂を落とす」騒ぎになる。後日、その厄払いに、スナックの三人の女たちが、霊場の「御嶽《ウタキ》」がたくさんある神の島真謝島へ出かけていく。大学生の正吉が案内役をつとめる。「御嶽」へ「御願《ウガン》」しにいくわけだが、女たちはこの際、自分の罪や不幸や悩みや悲しみをすべて吐き出してしまおうとする。若い正吉はそれを受けとめる霊能者ユタの役割を演じなければならない。

独特ののんびりした調子でそんな話が語られる小説で、その話は沖縄民俗に深入りするわけでもなくかなり単純である。特殊ローカルなものを読者に押しつけすぎない書き方だともいえる。古来の沖縄民俗の独特さより、いまの庶民的な沖縄女性の人間らしい生命的なありようを印象づける話にしてある。

そこがおそらく時代の関心とつながりやすいところである。単にローカルな沖縄ではない、「ヤマト」の未来にもかかわってくるような沖縄がある。この作者が描く沖縄世界を、そんなふうに受けとめることもできる。

だがまた、一方で、この話は作者の頭で都合よく単純化されすぎているのではないか、古来の民俗を恣意的に扱って、何か不自然な話を語っているのではないか、という疑念が湧いてくるところもある。芥川賞選考委員でこの作を支持しなかった人は、どうやらそういう読み方をしたようである。

女三人男一人の真謝島行きには、女たちの厄払いのほかに、大学生正吉の亡父の納骨の仕事もからんでいる。正吉の父は海で不慮の死をとげたために、十二年のあいだ遺体が海辺の風葬地にさらされたままであった。正吉はその骨を拾うことと、女たちの厄を払ってやることと、二つのことを同時にしなければならない。結局彼は父の骨をそのままにして、そこに「自分の」御嶽を造ろう、女たちにそれを拝ませよう、と思うようになる。「正吉には真謝島の東や南に昔からある御嶽がよそよそしく、力がないように思えた。わざわざ知らない御嶽に女たちを連れていくよりは、自分の神のいる、この御嶽に連れてこよう、と正吉は決心した。」

もちろんそれは「とんでもない結論」であり、「だいそれた企み」であり、「前代未聞」のことかもしれないのだが、女たちは「正吉さんの御嶽を信じるわ」といって拝みにいく。そんな話を、作者の恣意の目立つのんきなものと見るか、逆に何か新しいものを開くエネルギーに満ちたおおらかなものと見るかで評価は変わってくるであろう。

その点はひとまず措くとして、私がもどかしく感じたのは、この小説の出来が多分に不安定なことである。出来が不安定だと、読み方も安定せず、恣意的になるのを防ぐことができない。評価も定まりようがないことになる。

はじめに述べたように、この小説はなるほどいまの時代の関心にこたえるものをもっている。その時代性ははっきりしている。だが、それを超えたひとつの小説のかたちを眺めようとすると、何やらあいまいにぼやけている。部分部分が定まりきれずに揺れている。小説の出来にもうひとつ確かなものが感じられないのである。

突然の豚の侵入、スナックの女たちの厄落としの旅、「神の島」で豚肉を食べて猛烈な下痢を起こすこと、回復と救い、といった内容とその運びは明快である。大まかな線がくっきりと引かれたような強さをもっている。にもかかわらず、小説が危なげなく安定しているという印象がなくて、むしろその反対なのである。

この小説の不安定さの第一の理由は、おそらくその語り方にある。話としてはこれは一種のドタバタ旅行記で、それにふさわしい文章が十分に工夫されなければならない。ドタバタを魅力的に語れる文章というのは、じつは容易でない。たとえば井伏鱒二のような人ならどう書くか考えてみると、この小説の語りの欠点が見えてくるであろう。悠々としていて、雑駁で、ユーモラスで、隙間だらけのようでいながらどこにも穴のない、押しても突いても揺るがない強い文章が要るのである。それがあってはじめて、ドタバタ劇の語りは安定してくる。「豚の報い」はおかしな話なのにほとんど笑えないのは、そのような文章の強さがないからにちがいない。

旅の案内者の大学生正吉の設定も大事なポイントである。この小説の不安定さは、正吉の設定がうまくいっていないことからも来ているように思われる。正吉は単なる狂言まわしにすぎないはずだが、話が進むにつれて、女たちの性の対象にされかけたり、「神の使い」のように大事にされたりする。いろんな意味で女たちにあてにされすぎるようになる。つまり、正吉が舞台の正面に出すぎることになる。正吉はいわば「偽ユタ」だから、大きな役を振られすぎているようでもある。

そんな書き方のために、正吉の狂言まわしとしての安定感は揺らぎっぱなしになるのである。あげくに、視点さえも揺らいでしまう。狂言まわしが狂言まわしでなくなっていく混乱をおもしろく読ませる小説というものもあるであろうが、これははっきりその方向へ展開させようとする書き方ではない。

三人の女たちの書き方にももどかしさが残った。三人が島で豚の腸《ナカミ》や肝《チム》を食べるところや、そのあと猛烈な下痢に苦しむところは読みどころになっているが、特に三人の女が描き分けてあるわけではない。全体に、三人は皆同じようなせりふをしゃべって三人いっしょくたに読まされる感じで、一人一人はよく見えてこないのである。

この三人をこそ読ませていく小説だと思うので、一般的な「沖縄の女らしさ」を三人三様に超えたものを読みとりたいと思わずにいられない。作者は正吉の思いを語って、「女たちは、何か馬鹿馬鹿しいけど必死に生きている。必死に生きているけど悩みに満ちている」「女たちは俺より十倍も二十倍も深く生きている」というのだが、全体にそういう一般的な説明の範囲内の理解しかできないようなところがあると思う。

最後にもうひとつ、この小説の長さの問題があるはずだ。私はこの半分の長さでちょうどよかったのではないかという気がする。小説の出来が不安定だという印象は、作者が正しい長さをつかんでいないということからも来る。女三人の描き分けがうまくできない以上、この長さでは持たないからである。

ゆるんだような単調な語りと、目標へ向かって突っ走るような一本調子な運びのせいで、密度が薄い感じなので、もっと調子を変え、無駄なエピソードをはぶき、間のびした会話を減らしていけば、簡単に半分くらいの長さに縮まるであろう。そこまで引き締めると印象が変わってしまうかもしれないが、私にはそれが「正しい長さ」だと思えるのである。

川上弘美「蛇を踏む」「婆」

昨年から今年にかけてつづけさまに作品を発表している川上さんの近作「蛇を踏む」（「文学界」一九九六年三月号）を読んだ。同じ作者のものでは、前に芥川賞の候補になった「婆」というのを読んでいる。

「蛇を踏む」は、藪のなかの道で踏んでしまった蛇が、五十くらいの女に変身して、「私」の部屋に住みついてしまう話である。民話の「蛇女房」「蛇の嫁入り」を思わせるが、蛇の同棲相手の「私」は女性なので「嫁入り」というわけではない。

民話のいわゆる「異類婚」を思わせる話としては、数年前に多和田葉子さんの「犬婿入り」を読んだ。小説をわざと「変な」感じにしようとする強引なつくり方のものであった。「蛇を踏む」は、落着いた文章でなるべく自然に語ろうとしている。これ見よがしなところはない。「犬婿入り」

が今ふうの犬のような感じの青年との同棲生活の話だとすれば、「蛇を踏む」は「私」が同性愛的な関係に引き込まれる話のようでもある。

女の皮膚がぬらりと光って、たいそう蛇らしい様子になった。今のこの今、私はこの女をしょってしまった、と思った。今までにも何回かこういった気分になったことがあったような気がしたが、それが具体的にどんな場面だったのかは思い出せなかった。女は愛しそうな視線で私を眺めている。

「ヒワ子ちゃん、あたしヒワ子ちゃんが大事だわ」ねとねとした声で言って、女は丸くなった。丸くなるとたんに蛇に戻って、天井に這い登った。登ってしまうとまた絵に描いたもののようになって、押しても引いても取れない。

こんな書き方だが、蛇の女は「私」の「お母さん」なのだとくり返しいう。「私」は女の顔が好きだと思い、人間と違って蛇の女とのあいだには壁がないようにも思う。

「私」は関東地方の田舎町で数珠屋の店番をしている。店主の奥さんニシ子さんが浄土宗の数珠を作り、店主が寺へ売りにいく。店主がかつて京都の老舗で修業をしたときに、そこの若奥さんだったニシ子さんを口説いて駆け落ちをしたという関係である。

やがてニシ子さんにも蛇がついていることがわかる。その蛇が年老いて死ぬときに、ニシ子さんも死にかけて甦るということがあった。ニシ子さんはいう。「蛇の世界はきっと素敵よ。なんだか暖かくてぜんぜんあたしと違ったところがなくて深く沈んで眠っていられるようなところだと思うわ。どうしてサナダさんは蛇の世界に行かないの。ねえ。蛇の世界はほんとうに暖かいのよ」民話の「異類婚」の話とは違って、この小説の蛇は人を誘って蛇の世界へ連れこもうとするのである。「私」もしつこく誘われて蛇に変身しそうになる。蛇の「お母さん」と実際の母親が「私」を奪い合うようでもある。変身しそうになる瞬間の感覚が、こんなふうに書かれる。

引出しを開けるとノートやペンの間から小さな蛇が何匹も這いだした。這いだして私の腕から首をのぼり耳の中に入ってくる。入られて、飛び上がった。痛くはないのだが、外耳道に入り込んだ途端に蛇たちは液体に変わってそのまま奥に流れこむ。冷たい。まだ入り込んでいない蛇を阻止しようとして首を強く左右に振った。振ると、耳の奥で水に変わった蛇が粘稠性を増しながら内耳に向かう。ねばねばとした水が三半規管のあたりを満たす。耳小骨を取り巻く。耳が蛇でいっぱいになり何も聞こえなくなるが、耳の中を粘りながら落ちていく蛇の微かな音だけはいつまでもいつまでも鳴り響く。蛇水は内耳の神経を撫で、その神経への刺激があたまに伝わっていった。あたまの中が蛇に満たされ、蛇のイメージが遠心的に体の各部へ伝わる。私の指先もくちびるもまぶたもてのひらも足のうらもくるぶしもふくらはぎも柔らかな腹も張った背中も毛根という毛根もすべての外気に接するところが蛇を感じて粟立つ。粟立ちおぞけだつその瞬間が終わると、蛇の気配はいったんなくなり、私は解放される。しかし五分もたてば、間歇的に襲いくるマラリアの発熱のように、蛇の感触が私の表皮を襲う。難儀である。

その変化《へんげ》の感覚は、「涙が流れるような気分の悪さと気分のよさ」が半々だという。蛇の女の誘いはいよいよ執拗になり、「もう待てない」といい、「私」は激しく抵抗しながら何度もうっとりと屈しそうになる。何百年もそんな争いをくり返してきたような心地さえする。そのへんを読ませていく小説で、最後は収拾がむつかしくなったのか、おどろおどろしい妖怪譚のように締めくくられている。

以前の「婆」も、ある家の門柱の陰から手招きされて、婆《ばば》と自ら名のる女の住まいに引き込まれ、いわば「どこでもない場所」の不思議な経験をするという話だったが、女同士の密着的な世界という点では「蛇を踏む」と同じだといえよう。ふと手招きされて近寄ったり、相手をしょってしまったと思ったりする同性の関係が、何となくなまなましい。そこから、ずるずると変化の感覚のようなもののなかへ滑りこんでいくところもわかる気がする。そこらを読ませる力がこの小説にはある。

ただ、そのような話のばあい、どう展開させるかがむつかしくなる。「婆」も「蛇を踏む」も、話の展開に失敗している。たとえば内田百閒の小説のような縹渺たる夢の話なら、展開のしようも違ってくるだろうが、両作とも不安な夢の気分が揺曳するような書き方にはなっていない。最初から夢を語るつもりはないというように、きわめてきぱきとした調子で、明快に語られる小説なのである。

文章のその調子が、「婆」ではしばしば、達者な読物小説の調子に近づき、索然とさせられた。

二度読むと、私は文章を受けつけなくなった。だが、「蛇を踏む」でははっきり文章がよくなって、安直な感じが消え、落着いて二度読むことができた。その進歩を喜びたいと思う。

この小説では、数珠屋の納入先の浄土宗の寺の住職が、民話のように、「蛇女房」をもらったというこことになっている。仏教と土俗的なものがからまる世界が、もっと開けてくるようだと面白いのにという気がする。そこは単なる蛇女房の話に終始している感じなのである。

夢ならばともかくもひとつの世界である。だが夢でないならば、この話を支えてそれをもっと強いものにする「場」をつくり出さなければなるまい。関東地方の辺鄙な土地と、数珠屋と、京都知恩院の末寺がつくる世界があるはずで、それがはっきり見えてこないと、おそらく蛇の話も十分に生きない。その世界がつくり出せれば、蛇にまつわる作者の想念に支えができ、話の展開もずっと楽になったのではないかと思われる。

柳 美里

「フルハウス」「もやし」

この前とりあげた川上弘美さんの「蛇を踏む」が芥川賞をとったので、今回は新受賞作ではなく、少しさかのぼって柳美里《ユウミリ》さんの二作について書きたい。

柳さんの小説家としての処女作「石に泳ぐ魚」がおもしろかったので、前にそのことを書いた。時評をやる批評家の作品評がいかに的はずれかも、ついでに書いておいた。「フルハウス」と「もやし」は第二作第三作にあたるもので、どちらも芥川賞候補になり、最近一冊の本にまとめられた。「石に泳ぐ魚」はモデル問題で出版できなくなったらしく、今度の本（『フルハウス』）が最初の小説集である。

さっそく新聞に書評が出た。私は例によってまたじつに変な感じをもった。在日韓国人の批評家竹田青嗣が、「『在日』の生の深い感触」について語っているのである。

「フルハウス」と「もやし」は、「石に泳ぐ魚」とは違って、語り手の「私」が在日韓国人だということにはなっていない。作者はなぜかそのような設定をはずして、前作とは違う種類の物語を書こうとしている。そしてみごとに失敗している。竹田氏はなぜそこを突かないのだろう。それを不問に付したまま、「在日文学の新世代」による在日韓国人の「恢復の物語」だなどというのはなぜだろう。

作品の成功や失敗をきちんと見届けようとせずに、何か別のことをいうのが批評家の常なのかもしれない。そこでまず、「フルハウス」のほうから小説の出来を見ると、「石に泳ぐ魚」とは較べものにならない不安定なつくりで、話が破綻していて、文章も弱い。あの全力の仕事のあと急にこうなってしまうとは、と溜息をつきたくなるほどである。

母に逃げられて十六年にもなる父が、大金をついやして家を建て、十年来別居している「私」と妹を呼び出して無理に家へ連れこむ。まだ電気もガスも入っていない、塗料の匂いのつよい家で姉妹が泊まることになる話は、たしかに小説らしいおもしろさをもっている。父は離散した妻子を新築の家へ呼びよせ、家族を復元しようと性懲りもなく願っているからである。

父という人は子どものころ「極貧」の暮らしを経験し、永くパチンコ屋の支配人をしてきて、粗大ゴミ捨て場から電化製品を拾い集めるかと思えば、身につけるものはすべて一流品、というぐあいに「吝嗇《りんしょく》と浪費の間を行ったりきたりする」暮らしかたであった。いま彼は「いざとなれば生命保険でチャラにする」借金で坪単価の高い家を建て、家族が使うための真新しい生活用品でその家を埋めつくそうとしている。

父親についての以上の説明にもうひとつことばを加えさえすれば、人物像がもう一段はっきりしたものになるであろうことは間違いない。だが、作者はそのことばを出そうとしない。おそらく、ある種の在日韓国人の典型的ともいえる暮らしと性格を語りながら、作者は「在日」という条件をはずしてしまうのである。

この話の中心に据えられるべきは父親の姿で、「石に泳ぐ魚」の筆法でいけば、いくらでも父親を書き込むことができたはずだ。が、そのためにはどうしても「在日」という設定がいる。それさえあれば、前作の読みどころをなしていた家族の場面にまた違う光が当てられることになっただろうし、そこに生じる独特のユーモアと描写がもっと深められたかもしれない。つまり、前作におけるみごとな何ページかに、あらたにまた記憶に残る数ページを加えることができたかもしれないのである。

おそらく作者は、前作と同じ材料から違う物語をつくり出そうとして、在日韓国人という条件をはずすことにしたのであろう。私はそこに、いまの文芸ジャーナリズムで仕事をすることのむつかしさを感じてしまう。小説家として出発したばかりの柳さんがまずなすべきなのは、「在日新世代」としてのみずからの問題を、あくまでも小説らしいかたちでしっかり表現してみせることである。在日二世・三世の親子の姿を、あえていえば愚直に書きこんで、この作者らしい美質のあらわれた数ページを残そうとすることである。処女作「石に泳ぐ魚」は、そのような意気込みと努力が生きた語りを生んで、その先を十分期待させるものになっていた。

だが、いまの文芸ジャーナリズムは、しっかりした仕事をゆっくり待ってくれる相手ではない。

思いつきでいろんな注文をつけてくる。批評家がまた、大新聞の大きな紙面をつかった時評で若い作者の愚直さを嘲笑し、「小説の歴史性」などという一般論に頼って子どもっぽく全否定してくる。

「フルハウス」では、作者は在日韓国人という設定をつかわずに、より抽象化された崩壊家庭の物語を語ろうとしたのだと思われる。だが、あまり本気でない中途半端な抽象化の結果生じているのは、物語の断片化と拡散であり、生気を失った語りである。前作にあった強い描写もユーモアも、どこかへ消えてしまっている。抽象化というよりむしろ一般化された崩壊家庭の話が、やや独特ではあるが断片的なエピソードを連ねて、生気なく無表情に（というより投げやりに）語られるので、読者はやがて先に何も期待できそうにないことがわかってくる。

実際、まず第一に父親中心の展開を考えるべきなのにそれができず、父親はちゃんと描かれないうちに消えてしまい、話は奇妙なことになってくる。前作にも見られた悪い癖だが、作者は演劇でなら使えそうな手を小説に使って、得体の知れぬホームレスの一家を父親の家に住みつかせてしまうのである。しかも、その一家の幼い娘と「私」を心理的性的に関係づけ、重ねていき、最後は過去の「私」を思わせる少女が家に放火をはかるということになっている。小説としてはいかにも苦しまぎれの運びというほかない。

「在日」という設定が抜けると、家族の物語の凝集点がなくなってしまうということであろう。その点、「もやし」のほうはもう少しうまくやれていて、「フルハウス」ほど拡散的ではない。イラストレーターの「私」の生活と男関係が語られ、中年の情人の妻との奇妙な「演劇的」対決場面に発展するが、「私」は乱雑な暮らしのなかで知恵遅れの四十歳の男「ゆきと」との結婚を突然決意したりする。「私」の思いは、大急ぎで、観念的に説明される。

休日、この言葉は今の私にとって何よりも魅力的だ。しかし私は自分の決断をゆきとに話すことを躊躇《ためら》っている。口にしたらゆきとは煙より早く消えてしまいそうな気がする。浦島太郎、夕鶴、人魚姫、思いを現実化すると忽ち跡形もなく消えてしまうという寓話は、思いと現実とは異次元にあることを忘れたがる人間へのしっぺ返し、思いを口にしてはいけないというリアルな忠告なのだ。ゆきとに手を引かれて永遠の休日に向かおうとしている私の願いは、もうひとつの大いなる眠りに過ぎないのかもしれない。

知恵遅れの男との「永遠の休日」は、「フルハウス」の少女の放火と同じうまくない意味づけの例ではあるが（そしてここだけ、いまはやりの「癒やし」のテーマになってしまうが）、神経過敏な乱れた生活のなかの溜息のようなものが聞こえる。その程度には「業界」を泳ぐ「私」の生活が伝わってきて、「フルハウス」よりは一貫した話になっているのである。

デビット・ゾペティ「いちげんさん」

近年、日本語を母語としない欧米人が書いた日本語の小説で注目されるものが出てきた。アメリカ人のリービ英雄氏はすでに「星条旗の聞こえない部屋」で野間文芸新人賞を得ているが、デビット・ゾペティ氏はスイス人で、「いちげんさん」という二百五十枚の小説で最近すばる文学賞をとった。珍しく選考委員全員一致で決まったそうだ。

「いちげんさん」は、京都の大学へ留学して日本文学を勉強している青年「僕」が、盲人のための「対面朗読」の仕事にかよううち、相手の盲目女性京子に惹かれて深くつきあうようになる話で、かつて例がないほどよくできた日本文に感心させられる。その見本として、黒谷の京子の家へかよいはじめたころの「僕」の新鮮な感情が出ている一節を引いてみる。

大学を後にすると、小さなバイクを飛ばし、白川通りの緩やかな斜面を南に向かって走った。茅葺き屋根の小さな門をくぐり、例の不思議な庭に入っていくと、必ず最初に訪れた時と同じ奇妙な気持ちに襲われた。全てがあまりにも静寂に満ちて、自分の日常生活を取り囲む現実からあまりにもかけ離れていた。家の前に着くとお母さんは必ず玄関に立って僕を待っていた。何も言わず、ただ軽く微笑みながらそこに立つ彼女の姿を見ると、なぜかいつもどきどきしてしまった。しかし、彼女はそれに気づかない素振りで軽くお辞儀をし、小さな家の奥の暖かい居間に通してくれた。

そこに京子がいる。彼女は大抵の場合、炬燵に向かって点字本の複雑な凸点の羅列を指先で辿っている。時には、顔をテレビとは少し違った方向に向けて、くすくすと笑いながら番組を聞くような事もある。

お母さんがお茶かコーヒーを置いて部屋を出ていくと、京子と二人きりになった。そういう時、いつも彼女の独特な美しさに動揺してしまった。脇の下に抱えている二、三冊の本を炬燵の上に置くと、京子はその音を聞き付け、ゆっくりと向きを僕の方に変えながら、「今日は何を持ってきてくれたの?」と挨拶代わりに訊ねるのだった。

「僕」が京子に朗読して聞かせるのは主に日本の近代小説だが、二人はどちらも文学好きで、「僕」が日本文学の勉強に熱を入れるに従い、京子との関係も深まっていく。そのことと、アルバイトの英会話教師の仕事の味気なさとを対比させるような語り方になっている。

「僕」の文学への興味は、古本好きというところから始まった。「僕」は日本へ来てからも古本屋を歩きまわり、「全く実用性のない買物」をつづけて、古いことばの世界へ分け入っていく。ちょうどそんなふうにして、京子という恋愛の相手を探り当てる。「純文学の世界に次第に入り込んでいくにつれ、京子の存在は何の前触れもなく、――ちょうど蝶々が花びらの上にそっととまるような感じで――僕の中で甦ってきた。」

ただ、日本語の古いことばと京子が「僕」のなかで結びついていくにしても、京子は古都の伝統のなかに生きている京女というわけではない。死んだ父親は京都出身だが、京子自身は生まれも育ちも東京で東京弁を話すという設定になっている。だから、「僕」が黒谷の土塀に囲まれた「御伽話の世界」めいた彼女の住まいへかよっても、不思議な京都人の世界へ入りこんでいくということにはならない。

「僕」と京子が結ばれる場面もなかなか印象的に書かれている。「一心不乱に悦びを求め、あえぎ、僕の頭を自分の乳房に優しく押し当てる身ぶるいには言葉を必要としない歴史があった」。つまり、盲目の京子がすでにどこかで性の悦びを十分知っていたことに「僕」は新鮮な驚きを感じるのだが、こんな場面で日本人が思いつきそうもない歴史ということばが生きていて面白い。そのあと、「僕」は京子の横に寝て手足を畳の上に伸ばす。京子の家の畳は、けば立った下宿の畳と違って、「全く無傷」で、冷たくて気持ちがいい。「僕」は下宿の部屋で飼っている兎が畳を噛ってしまうことを思い出す。

盲目の女性とのセックスがもっとくわしく説明されるところはこんなぐあいである。

僕らは下宿の二階の小さな部屋でよく話をし、そしてよく愛し合った。僕にとって、京子と抱き合っている事はそれまで感じた事のない不思議で新鮮な経験だった。彼女は最初に指や唇で僕の体の上を隅から隅まで散策した。それはどうやら彼女にとって一種の儀式のようだった。そして彼女はその作業に異様なほどの時間をかけた。舐めたり、嗅いだり、噛んだり、触れたりして、僕の体を毎回限なく再確認した。そうされると、僕はゆっくりとだが確実に興奮していった。その静かな興奮は少しずつ具体的な欲望に変わり、やがて真夏の無人島に流された漂着者がようやく冷たい恵みの雨に降られた時のような悦楽を生んだ。

京子はそこで無言のまま僕を優しく抱き寄せた。昇り詰めるにつれ、彼女の表情はまるで秋の空のように少しずつ変化していった。そういう時、彼女はこの上なく幸せそうに見えた。またその表情を見ていると、僕も純粋に幸福になれた。それはまるで自分の中の何かが大きく満たされたような気持ちだった。

こういう部分から、谷崎潤一郎の「春琴抄」を連想したりするべきではあるまい。作中に作家と作品の名前がたくさん出てくるが、作者は谷崎の「鍵」は出しても「春琴抄」を出したりはしない。こういう話を「春琴抄」と重ねて語ったりすれば必ず失敗するから、作者はもちろんそんなことはしていない。にもかかわらず、軽薄にも「谷崎的世界」などと評する人がいるのは困ったことだと思う。

いまの引用部分など、日本文としてはやや説明に流れて、必ずしもうまいとはいえないにちがいない。だが、ここには盲目女性とつきあうことのリアリティーがともかくも確保されている。しかも、それが細い筋金のように全篇を貫いている。この小説が最後まで読ませるのはそのためである。

ところで、作者は「僕」と京子との関係を語りながら、京都という独特のまちについてもくわしく語っていく。日本人の盲目女性を描き同時に京都を描くという二つのことをうまくやる必要があり、その二つが十分にからみあって面白い展開が生じれば成功するはずであった。ところが、この小説はその点で不満を残している。小説の空間としての京のまちは、結局うまく描けていないからである。

はじめ、「僕」は「無条件に街に受け入れられ」ることを望み、「まるで平ったい石が流れの遅い川にゆっくりと沈んでいくような感じで、京都の純日本的な空間に浸っていった」が、やがて京都という街に対する反感が大きくなってくる。「僕」は京子との関係や大学での勉強や毎日の生活のなかに「充実した純日本的空間」を見出すことができるのだが、同時に街そのものには裏切られているという思いを強くしていくのである。京都は結局彼を「いちげん（一見）さん」としか扱わないからである。

閉鎖的な京都の社会によそものが手こずる話はいろいろと書かれてきたし、京都に対する反感のことばは日本の近代文学のなかに無数に見出される。この小説が、たとえば近松秋江の「黒髪」連作のような、閉鎖的な京都をみごとに描いた小説を頭において書かれていたなら、結果はもっと違うものになったのではないかという気がする。
「僕」と京子の関係そのものは決して悪くならないのに、京都を憎みはじめた「僕」が脱出をはかることから、あっさり別離のときがくる。そんな結末に至る部分が薄手な感じで、どこか不自然でもある。もちろん、「僕」を駆り立てる脱出の願望がわからないわけではない。ある種の日本人にとっても、京都は脱出を熱望するようになる街であるかもしれない。が、ゾペティ氏の小説の「僕」は、単に京都から脱出するだけでなく、日本からも離脱しようとしている。ベルリンの壁の崩壊といった「歴史的な」事件とほとんど無縁な、「外の現実の世界とこれだけかけ離れた幻の空間」(傍点作者)である京都すなわち日本から出ていかなければならない、と決意するようになるのである。

　日本は「世界」から遠く離れた穴ぐらのようで、そこに閉じこめられた気がして居たたまれないというのは、欧米系外国人が日本でしばしば抱かざるを得ない思いであろう。また、彼らが紅毛碧眼の白人として日本人の視線のなかで浮いてしまい、みずからを異質でふさわしくない存在と感じさせられて挫折感にさいなまれることや、日本語に英単語をまぜた「ヤンキー・モンキー・トーク」で話しかけられるたびに不愉快を抑えがたいことなどいちいちわかりやすく、実際、欧米人も日本人もお互いに道化のようになりがちな不幸な関係からいまだに抜けられずにいる現実を思わされる。

　ただ小説としては、それらの記述が日本滞在記のナマの感想のように読めてしまうところが欠点で、京都という独特な街について語りながら、結果としては「日本」に対するガイジンの一般的な思いを語ることになってしまっている（だから京都が描けていない）のがまずいところである。そこがうまくいかないので、「僕」と京子の恋愛も十分に展開せず、尻すぼまりに終わってしまう。「違うが普通、異なっている事が常識というような場所」（傍点作者）へ逃げ出したいと「僕」は最後に京子に告げるのだが、こんなせりふでこの恋愛を締めくくることはそもそも不可能なはずである。

「僕」は京子との関係をふり返って、盲目の京子が白人である自分の姿を見ることができないからこそ、「特殊な心の安らぎ」が得られたのだと思う。「この街にたった一人でも自分を見ない人――僕と普通に接してくれる人――がいる事は、言葉では言い表せないほどの心の安らぎだった」。こういう箇所の真実味と、「異なっている事が常識」云々のほとんどジャーナリスティックな空疎さとの開きが大きすぎる。この力作小説の不安定感はそこから来ていると思われる。

柳　美里

「家族シネマ」

一九九六年下半期の芥川賞は、柳美里「家族シネマ」と辻仁成「海峡の光」の二作に決まった。柳さんも辻氏もすでにお馴染みだが、このたび苦労の多い仕事の積み重ねのうえに新しい小説世界がひらけ、それが評価されて受賞したのを喜びたいと思う。ここまで見てきて、二人そろって真面目な人たちだという気もする。小説に対するひたむきさがひとつの結果を生んだという印象である。

柳さんは「家族シネマ」で、これまで書いてきたことにかなりすっきりしたひとつのかたちをつけた。それは、皆それぞれに傷を負ってばらばらになった家族が、奇妙な再会場面を演じるという一種の「仮面家族」の物語としてすっきりさせたということである。父親が家族の復元を強く願いつづけてきて、それが実現するはずがないというところで語られてきた話が、このたびは半分ドキュメンタリーの映画の企画により家族全員の再会がともかくもはたされる、という話になっている。その場面の中心人物はやはり父親ということになろう。母親と別居して二十年にもなるのに、家庭の崩壊を認めようとしない父親こそ、最も特徴ある人物だといえるはずだからだ。

語り手の長女が、話をよく知らされないで突然家族再会の撮影現場に登場させられる場面は、作者の才能が悪達者なまでに発揮されて、読みどころになっている。ともかくうまいが、小説というより戯曲に近いような書き方かもしれない。劇作家としての過去の仕事が生かされているのは間違いない。その書き方から、微妙なところで小説のおもしろさがはぐらかされるというふうに感じる読者もいるであろう。が、私は柳さんの過去の家族の物語が集約された場面として、これはこれでよくできていると思う。

映画撮影の場面は、屋内と屋外とひとつずつある。五人の家族は映画のために芝居をしながら、その虚の世界でかえって真実をむきだしにしていく。屋外のキャンプの場面の最後に、パチンコ屋支配人として高給を得ていた父親がクビになったことが明かされ、父親の芝居じみた絶望の姿が描かれる。家族の復元どころか、離散が決定的になるところで終わる話になっている。

その場面で母親が長女にいうのが、ただひとこと、健康保険のことである。「自分の保険証持ったら、家から抜けられたってことよ」というひとことが、舞台のせりふのように吐かれるのである。つまり、二十年間別居していながら妻子は夫の扶養家族だったことになるが、長いこと父親と往き来してこなかった語り手の長女の思いはこんなふうに語られる。

……父の暴力、母の性的な放埓《ほうらつ》さがもたらした恥辱にも、私たちは何とか堪えてきたのだ。卑屈なほど従順に受け入れたといってもいい。私も弟も妹もしっかりと植えつけられた父と母への憎しみを外へ向けるしかなかったのだ。ただ他人と折り合うことができず、憎んだだけだ。両親を憎む罪に較べれば、安価な代償というべきだろう。……

この書き方にも、保険証云々と同様の多少の不自然さを私は感じるのだが、それはおそらく、作者がこの小説をいわゆる「仮面家族」の物語として一貫させようとするところに原因がある。これまでやや乱雑に語られてきたことが、そのような考えでひとつのかたちを与えられたことを私は評価するが、同時に、語られるべき多くのことがやや不自然に切り捨てられているという感じにつまずきもするのである。おそらくそれは、以前の「フルハウス」などから持ち越された問題が、まだ解決されていないということであろう。

柳さんの小説の処女作「石に泳ぐ魚」は、作者自身のかかえる問題をぎっしり詰めこんだ大作で、多少乱雑ではあっても、緊張感のある率直な語りが一貫して生きているところが強い印象を与えた。つぎの「フルハウス」と「もやし」は、前作にあった「在日韓国人」の設定をはずし、もっと一般化して語ろうとして、前作の語りの躍動を殺しながら話の混乱と破綻を目立たせてしまう失敗作であった。今回の「家族シネマ」は、同様に「在日韓国人」の設定をはずしたまま、一般化ないし抽象化の方向でよりすっきりしたかたちをつくろうとしたもので、語りに生気をとり戻しながら激しさを抑えたソフィスティケイテッドな調子を貫いている。

「家族シネマ」には、家族の場面のほかにも、奇妙な老彫刻家のところで「私」がポラロイド・カメラで裸の尻の写真をとられたり、老人の部屋に好んで泊まったりする場面があり、また語り手が勤めている会社のオフィスや農園の場面があって、どちらもよくできているとはいえないが、そこは目をつぶることにして、家族の話を一般化する方向で書くことによって残ってしまう問題を考えたいと思う。

前に「フルハウス」をとりあげたとき私は、「在日韓国人」という条件をはずすと家族の物語の凝集点がなくなってしまうと書いた。「家族シネマ」は「フルハウス」ほど拡散的ではないが、凝集点がはっきりしない印象は基本的におなじである。作者にそれが見えていないわけではない。見えているのに、見えていないことにして仮りの世界をつくっているといった不自然さ、あるいは不安定感がある。中途半端さといってもいい。

この話の中心人物は父親で、他のだれよりも特徴が際立っているが、これはどこにでもいる日本のふつうの父親というものではない。在日韓国人という条件によって照らし出されるはずの、独特の個性をもった父親なのである。にもかかわらず、作者はライトを消して、なるべく姿を照らし出さないようにして、その薄暗い父親の姿を中心にした「仮面家族」の再会物語を語ろうとする。作者はわざと自分の手を縛っているような感じだが、それはなぜだろう。

現代の家族の関係は仮面劇のようなものだと一般的に語ってみせるよりも、在日韓国人家族がいまなお失っていない特性、ないしその独特な生の感覚に焦点をあわせて語ったほうが何倍もおもしろくなるのに、と思わずにいられない。語り手の「私」の在り方にしても、たとえば死臭が嗅ぎとれそうな老彫刻家について、自分にとって「現実感のないひとにしか惹かれない」と説明したりするのではなく、「在日」の特性がいまなお強い両親との関係で、韓国人でも日本人でもないような自分がはっきりしてしまうことを語らなければならないであろう。その方向で表現が深まりさえすれば、全体のまとまりの悪さやエピソードのわざとらしさの問題も、おのずから解決されるはずなのである。

「家族シネマ」という小説は、設定がこれまで書いてきたことを土台にしていて、説明がしばしば省略されているが、映画の撮影ということにしても、語り手の長女がすでに有名人であることが、暗黙の条件になっているようだ（つくった話だとすれば、そのようにつくってあるということだ）。そしてもっといえば、語り手の「私」が在日韓国人であることも、半分自明のこととされているのかもしれないのだ。もしそうだとすれば、作者は知らず知らず、昔の私小説の書き方を採用していることになる。その書き方と、表面部分の演劇的劇画的抽象性とがややちぐはぐで、この小説の微妙な不安定感の原因はそのへんにあるということにもなろうか。

辻　仁成「海峡の光」

　前回は柳さんのことにかまけて辻氏の作品の評が書けず、タイミングを失したかもしれないが、「海峡の光」について書きたい。

　函館の少年刑務所を舞台にした刑務官と受刑者の心理的葛藤の物語で、くわしく取材してしっかりした小説のかたちを作ろうとしている。そのかたちをどこか古くさく思ったり、作者の正攻法の構えに無理を感じたりする人がいるかもしれない。いまどきの文学趣味の尖端に触れてくる作品ではないかもしれない。が、そんなこととは無関係に作り出されている何か堅固なものがある。辻氏の努力と覚悟のほどが見てとれる作品である。前にとりあげた「パッサジオ」も、取材して作ってあったと思うが、較べものにならない進歩というべきであろう。

　決してうまい人ではない。全体に無骨なつくりで、表現に力が入りすぎ、ことばのおかしなところがたくさんある。「人間の尊厳」とか「仏の慈悲」とか「暗澹たる内部」とか、ふつう小説には書きこめそうにないことばを平気で書きこんでもいる。ことばが使いこなせないためにあいまいになって、もどかしい思いをさせられるところも二、三にとどまらない。なくもがなの説明も多い。

だが、辻氏は「構築派」ともいうべき書き手であり、最初から「構築」に興味をもたない読み手には欠点ばかりが目立つかもしれないが、強い意志で作り出されているものを見ないわけにはいかないはずだ。

看守である刑務官の「私」は、子どものころ優等生の美少年花井の偽善的ないじめにあうが、二十年もたって、その花井が傷害罪で服役し、「私」が担当している函館少年刑務所の「船舶訓練教室」へ送られてくる。みじめな子どもがすっかりたくましくなって別人に変身したような刑務官と、その管理下に置かれる花井がどんな関係になるかを読ませる小説で、結果的にいうと「私」は少なくとも心理的に、再び花井に振りまわされることになる。花井という男の謎の部分にひそむ「悪」に振りまわされるようなことになるのである。

子どもの葛藤の関係と、大人になってからのそれとが二重写しになる書き方だが、大人の関係のほうは囚人が看守に絶対服従するというものだから、実際は葛藤といっても看守の側の不安が生む妄念に近い。

花井は子どものころと同様、刑務所内でも「清々しい仮面」をかぶり、文句のない模範囚としてふるまいながら陰湿ないじめを始める。そして囚人たちを巧妙に支配するようになる。看守でさえ「花井が整えたピラミッド型の秩序に知らぬ間に組み込まれ」たようになる。花井による陰の管理のために、船舶訓練教室はかつてないほどみごとに統率されることになるのである。

そこに浮かびあがってくる一種の「悪」の性質をどう語るかだが、それはさすがに難事で、うまくいってはいない。それをうまくやるためには、主題を深追いできるように話が展開していかなければならないが、この小説の展開はその意味で決して十分なものとはいえない。

刑務官の「私」はもと青函連絡船の客室係の乗組員で、青函連絡船廃止を見越して刑務所看守に転職した男で、函館の街へ出れば船の乗組員たちとのつきあいがあるし、船員が経験しそうな街の女との関係も生じる。船に乗っていたときには、高校時代に関係した女性が船から身を投げるという事件もあった。漁師だった父親が海で死んだことも忘れられない。青函連絡船の廃止が近づくにつれて荒れる元船員仲間との喧嘩もある。そして連絡船最終航海の日、「私」は船に乗りこみ、羊蹄丸と八甲田丸が津軽海峡のまん中できわどく接近してすれ違う別れの場面に涙する。

そのような「私」という語り手にかかわる事柄がしっかり書きこまれて、やや型どおりに誇張された「海のテーマ」といったものが見えてくる。花井の「悪」というテーマとは別に、そちらを語って行き着くひとつのクライマックスが連絡船の最終航海の場面である。なかなか力の入ったその場面を読みながら、私は何か落着きの悪いものを感ぜざるを得なかった。花井の「悪」のテーマの展開が不十分なまま、こんなクライマックスを語ってよいものだろうかという疑問を感じた。なぜかといえば、海のテーマと悪のテーマが十分にからんでいなかったことが、そこではっきりしてしまうからである。

語り手が他人を語るばあい、自分のことは極力おさえて他人の話をできるだけくわしくするのが鉄則だと思うが、この小説では語り手自身のことを語りすぎて、バランスが悪くなっているのである。だから、花井という男の話を追う読者は、そちらのテーマが語り手の「私」の海のテーマによってあいまいにされていくような印象を受ける。そして、話の後半では、花井の不気味な「悪」の代わりに、花井の「不可解さ」が語られるというふうになってくる。末尾に近いところで読者はまた花井から目が離せなくなるのだが、それは花井が仮釈放の機会を得るたびになぜか暴れだし、出獄をふいにしてしまうからである。不可解にも彼は、暴力をふるうことによって刑務所にいつづけようとするのである。

花井はやがて、刑務所のなかでおだやかにやせ細っていく。「遠くから見るとまるで老人だった。しかしその横顔はかつてないほどに柔和で清々しく、磨き上げられた灌木のようでもある」。ここの灌木ということばはおかしいが、花井のそんな姿に至る末尾の二章は充実している。そのなかに、語り手と花井の、唯一といっていい肉体的接触の場面がある。

花井をタックルで沈めたのは私だった。高校時代に（ラグビーで）何度も経験した体当たりだったが、花井に抱きついた瞬間のあの甘くてほろ苦い触感は過去のどの激突とも違って、私を狼狽させた。花井修の痩せこけてはいるが引き締まった体軀の、生暖かい肉の手触りは、刑務官である私の誇りを揺さぶった。思わず私は声を張り上げ、そのまま勢い余って宿雪へと倒れ込みながら、花井修を手中にしっかりと抱きとめて激しく身震いをした。

かつてのいじめられっ子の「私」が、いまなお花井に振りまわされる関係の、核心部分が覗いているような一節である。花井が不可解なら、「私」のほうにもまた、妙なわけのわからないものがある。

こんな書き方をもっと広げていければ、小学生時分のいじめのくだくだしい説明は大幅に省略できるであろう。この一節と似たものに、航海実習に出た船のなかで寝るときの接近の場面があって、そこも印象的である。何度か出てくる海上訓練の場面は、総じてよく書けていると思う。

目《め》取真《どるま》俊「水滴」

芥川賞作品がどれも長すぎるなかで、今回（一九九七年上半期）の「水滴」はよく引き締まった佳篇である。いかにも沖縄らしい幻想的な奇想の小話で、鮮やかな印象を与える。

徳正《とくしょう》という初老の男が、ある日昼寝から覚めると体がきかなくなっており、右足が冬瓜のように膨れて、やがて爪先から水が噴きだし、したたりつづける。その水を、五十年前の沖縄戦で重傷を負った兵隊たちが、夜中に飲みにくる。彼らは次々に壁から現れ出、静かに行列し、徳正に敬礼して足の水を飲み、また壁の中へ消えていく。瀕死の兵士たちの渇きをいやすその水は、彼らを生き返らす命の水のようでもある。

彼らは徳正の踵に口をつけてしゃぶったり舐めたりするので、徳正はくすぐったくてたまらない。大声で笑いたいが声は出ない。そのうち、かつての戦友石嶺が現れるに及んで、徳正は笑うどころか追いつめられて呻き声を漏らす。夜ごと現れる重傷の兵士たちは、沖縄戦で敗走する際、壕に置き去りにした連中だったのだ。

徳正は近年、戦場の体験を学校で語ったり、マスコミの取材を受けたりすることが多くなっていた。妻のウシは「戦場《いくさば》の哀れで儲け事しよると罰被《ばちかぶ》るよ」といった。徳正は戦場で師範学校以来の親友石嶺の裂けた腹に自分のゲートルを巻いてやって別れ、また水を求める他の兵隊たちをも見捨てたために「自分がもう一度あの壕の闇の中に引きずり込まれていくような気が」するばかりでなく、生き残った人間として「儲け事」をしていることに忸怩《じくじ》たる思いをいだいているのである。

二度目に石嶺が徳正の足の水を飲みにくる場面から引いてみる。


徳正の足をいたわるように掌で足首を包み、石嶺は一心に水を飲んでいる。涼しい風が部屋に吹き込む。窓の外に海の彼方から生まれる光の気配がある。いつもなら、とっくに姿を消している時刻だった。はだけた寝間着の間から酒でぶよぶよになった腹が見える。臍のまわりだけ毛の生えたその生白い腹と、冬瓜《すぶい》のように腫れた右足の醜さ。自分がこれから急速に老いていくのが分かった。ベッドに寝たまま、五十年余ごまかしてきた記憶と死ぬまで向かい合い続けねばならないことが恐かった。

「イシミネよ、赦してとらせ……」

石嶺再登場の場面は、じつは途中に過去の回想場面が長々とはさまって落着きが悪いのだが、この小説のクライマックスというべき部分である。いま引用した七行ほどはよく書けていると思う。だが、このあと急に文章が弱くなり、叙述が充実感を失って尻すぼみになる。

ここは当然もっと書きこめるはずだ。はじめて二人の会話のようなものが生まれ、徳正が「この五十年の哀れ、お前に分かるか」というと、石嶺はただ「ありがとう。やっと渇きがとれたよ」と標準語でいう。そして、石嶺が壁の中に消えたあと、「明け方の村に、徳正の号泣が響」く、ということになる。この肝心のクライマックス部分が、突然文章の力を失ったように弱くなっているのである。ここに拾った二人のせりふも、この小説の他の部分のせりふに較べて弱すぎるようだ。

こうなったのは、おそらく、徳正の戦後の「五十年の哀れ」を語る話の展開がうまくいかなかったからだろうと思う。この先、少なくとももうひと展開考えられれば、この場面の書き方ももっと余裕のあるものになったはずだからだ。徳正の足の水と、それを飲みにくる兵士たちというアイデアが卓抜なだけに、作者が展開部分でまごつき力を失うさまが目立ってしまう。戦場の経験は書けても、戦後の「五十年の哀れ」は、結局書きされていないといわざるを得ない。

登場人物は徳正のほかに、妻のウシと従兄弟の清裕《せいゆう》といういかにも沖縄的な人物が用意され、それなりに生かされている。だが、話としては、清裕にまつわる部分はバカ話のようになってくる。徳正の足の水は強精剤や毛はえ薬になることがわかって、清裕はそれを売って大儲けしたあげく、効能があらわれなくなると村人たちの袋叩きにあうことになるからである。強精剤や毛はえ薬とは安直すぎ卑俗すぎるが、そんな清裕のドタバタ劇で本筋の展開の足りないところを補うかたちになっているのである。

徳正は最後に、農民としての相も変わらぬ日常に戻る。単なるバカ話のようになりかけても、徳正の日常が戻ってくると、この作品の落着きというものがよくわかる。基本的に安定感があって、安心して読めるという感じは、文章の技術からも来るが、何より沖縄という物語の「場」が与えてくれるものであろう。土地の力があって奇想の語りも落着くのだということを、あらためて確認させられるような終わり方である。

藤沢　周「境界」

日本ではいつの時代も「青年の文学」が興味の中心となり、それ以外のものは文壇的な場であまり論議の対象にならないというところがある。過去においてそうであったし、現在その傾向はいっそうはなはだしい。昔は文学作品の読者は青年たちだったが、現在若い人があまり読まなくなったのに「青年の文学」論議ばかりになるのは、論じる人の若さもあるが、主にいまの時代というものの端的な反映を文学に求めるからである。いま文壇小説を論じる批評家は、ほぼ全員が「青年の文学」の専門家だといっていい。

今回は、最近「専門家」たちにとり沙汰されることの多い若手の一人、藤沢周氏の作品を読むことにしたい。若手といっても四十近いはずだが、藤沢氏のものはまぎれもなくいまの時代の産物たる「青年の文学」である。「境界」の語り手＝主人公は、いまの思春期の子どものように「疲れた」「疲れた」を連発するので、せいぜいはたちくらいの青年の話かと思っていると、三十八歳という年齢が明かされ、離婚経験のある「中年」という説明まで加えられる。そこでまた前に戻って読み直してみることになる。

仕事に疲れた「私」は仮眠をとりたくて会社の医療室へ行くが、近くの神経科へまわされてしまい、そこから逃げようとすると若い女医がついてきて、電車のなかでいろいろと訊問・調査されるのでまた逃げ、翌日神経科へ抗議しに行くと同名の女医はいたが別人だった、というのがこの小説の前半の話である。女医のクラチキミコにしつこくからまれる山手線の車内の場面が長い。精神科の医者につきまとわれるというアイデア自体おもしろいのだが、その部分の長さはかなり辛抱が要る。

書き方を見てみよう。「私」とクラチキミコが乗っている電車が、秋葉原駅にさしかかるところである。

……くすんだコンクリートと鉄の柱の間から、電気街の広告塔が覗く。前からここに住んでいるような気がすると私は思ってみる。線路の鉄が車輪に擦られて、細かい金属のパウダーを巻き上げ、それが、線路脇のブロックにへばりついて、いつのまにか錆色に変色し、ブロックの割れ目からは茶色い水が滲み出ているような所。

「二、三年前に、この駅のホーム下で猫くらいの大きさのドブネズミを見たことがあるんだ。本当に猫くらいの大きさで」

「ネズミ？　猫くらいの？」

女の薄い色の瞳の中を光が透けて、左下の部分だけ弧を描いて光が溜まっている。皮を剝いたマスカットの実にこもっている光だと思う。クラチの目から視線を外すと、黒いガードの影に薄墨色の雲にぼんやり包まれた夕日が覗いて見える。

「この下」

私は窓ガラスの下を示して、女の視線を導くように顔をガラスに近づけた。秋葉原のどぎついネオンのせわしない呼吸と、雲にくるまれた夕日。一体、何なんだ？　田舎の海で飽きるほど見た夕日を思い出す。海辺に上がったテングサの潮臭いにおいまでよみがえってきて、何故か後ろめたい気分になるのを感じた。たぶん、混雑し始めた山手線に若い精神科医の女と乗って、セックスの相手のことまで聞かれ、しかも秋葉原の汚れたガード下にいるからだ。ついでにオニキスのような光を発したドブネズミの眼球まで思い出している男は、たぶん世界じゅうで自分しかいない。

子どもの頭に浮かぶ断片的なイメージめいたものがたくさん出てくる作品で、それがなかなか鮮やかなのだが、ここでは子どもの目が拡大してとらえたような線路脇の眺めや、女の瞳のなかの光が描かれている。鉄粉で錆色になって割れ目から茶色い水が滲み出ているブロックに見入りながら、前からここに住んでいるような気がすると思うのは、「中年」というより空想的な子どもの心であろう。母親の手につかまってじっと外を見ている子どもの姿が、つい浮かんできてしまう。

それに対して、この文章の終わりの数行は大人の男の思いであろうが、文章が急に散漫になり、わかりにくくなる。「何故か後ろめたい気分になるのを感じた。」からあとである。ほとんど意味不明といいたいほどだ。

このクラチキミコという女については、「神経というかセンスというか、ライフスタイルの何処かが壊れているような気がした。簡単にいってしまえば変人ということだ。」とか、「そんな女子学生みたいな女に付き添われているのが、情けない気分だった。ますます鬱症が高じる。」とか書かれている。これも大人の思いの説明だが、乱暴すぎて意味がわからない。この作者にはひとつ余計なセンテンスをつけ加えたがる癖があり、ここでは「変人」云々とか「鬱症」云々とか無造作につけ加えてある。気の短い若者の捨てぜりふのような感じである。その舌足らずな捨てぜりふが意味をあいまいにしてしまう。前の引用文の最後のセンテンスも同じ例だが、こちらはほとんどナンセンスになっている。

「私」がクラチキミコから逃げるところも引いてみたい。


発車を知らせる気色の悪いピアノの音がホームに流れ、ドアが閉まりかけた時、私は素早くシートから立ち上がって車内から踊り出た。クラチキミコの短い爪が突然長くなって、自分の服の端を引っ摑む恐怖が過る。

振り返ると、バッグが落ちそうなのを必死におさえこんで屈んでいるクラチの姿がドア越しに見えた。車内にいる者たちが怪訝な顔で、ドアにへばりついている女を見て、それからホームにいる自分に視線をよこした。(略)
ガラスに吸い付いた女の人差指が水槽にへばりついているタニシを裏側から見ているようだ。そして、喉の奥が見えるほど口を開けて笑っているクラチの顔。それがゆっくりと御徒町の方に動き出していく。
一体、何だ、あの顔……。
旋盤工場から出る螺旋形の金属の屑。それを頭の中に抱え込んだ気分だった。油で青く灼けた鉄が虹色に光っている。あの若い女の顔は悲しい顔だ、と思う。咄嗟の男の行動を笑うことで、車内での体面を保ったつもりなのだろう。そういうのはひどく疲れる。

虹色に光る金属屑のイメージは、例によって子どもの空想としてわかりやすい。だが、そのあとの「あの若い女の顔は悲しい顔だ、と思う。」以下はまたわかりにくくなる。というより、ここは単純すぎて、冴えないマンガのようである。マンガのようだといえば、「クラチキミコの短い爪が突然長くなって」云々は、もちろんいうまでもあるまい。
子どもの目やイメージを思わせる部分の冴えと、大人の思いを説明した部分の冴えのなさ(あるいはわかりにくさ)のアンバランスが目立つ書き方なのである。はじめに若者文学だといったゆえんである。精密さと粗雑さと言い換えてもいいが、精密な表現と粗雑な表現を落着きなく渡り歩くように読まされ、「そういうのはひどく疲れる」というのが正直な読後感である。

話としては、中年の「私」が勤める外資系保険会社が社員の健康管理を徹底させていて、「私」はそれを「余計なお世話」だと思いながら追いつめられていく、つまり会社の外へ出ても会社の手先のような精神科医につきまとわれるうちに、奇妙な錯乱世界へ入りこんでいく、ということのようだが、話のつくりは単純ではない。クラチキミコという女医が二人いるようでもあり、「私」がまた、クラチにつきまとわれる「私」とクラチにつきまとうストーカーのような「私」と、二人いるようでもある。「私」なりクラチなりがはっきり狂っているのかと思うと、そうでもない。妄想と片づけられそうなものが、そうは片づけられない。

そのことを作者は題名で説明している。おそらく、それらの境界的な部分に何らかの物語を生起させようという考えで書きはじめたのであろう。あくまではざまを縫うようにして、一対の男女のからみが語られていくのである。

全体としては、きわめて解体的な錯乱世界で、それは「私」の世界でもクラチキミコの世界でもない。世界を語る主体はどこにもいない。神経ばかりがせわしなく動きつづけている。神経がいちいちこだわるものが、地名にせよ商品にせよ、すべて固有名詞で示される。つまり、その瞬間ごとのこだわりしかない世界なのである。

冒頭と末尾は電車の車内で、「私」は偶然乗りあわせている五人くらいの人間の職業や生活や年収をすべて知っていると思っている。「相互変身妄想」といったことばが出てくる。そんな妄想の冷んやりした感触が伝わってくる。乱雑な書き方ではあるが、錯乱世界そのものは決して熱くならないのである。

弓　透子「ハドソン河の夕日」

当選作なしに終わった今期（一九九七年下半期）の芥川賞の選考で最も票を集めたものだというが、同人誌作家が考えるべきことがたくさん含まれている作品だと思う。はじめ関西の同人雑誌に載ったものが大河内昭爾氏らの「季刊文科」に転載され、芥川賞候補にあげられていた。

アメリカへ渡った最愛の末息子が、エイズにおかされて発病し、死に瀕するようになるまでを、母親の立場で語っている。母親鈴子は、三人の息子のうち上の二人とはまったく性質の違う女性的な末息子朋《とも》を、いつの間にか溺愛していた。朋は会社のニューヨーク駐在のあと、フリーのグラフィック・デザイナーになったが、その五年ほどのあいだにエイズに感染していたのであった。突然朋の入院を知らされて、鈴子と夫の健《たけし》はニューヨークへ駆けつける。鈴子が病床の朋に大福餅を小さくちぎって食べさせる場面が、この小説の最初の読みどころである。朋があけた口の中は、水泡を持った小さな腫物でいっぱいになっている。鈴子は出しかけた指先を思わず引っこめる。それから、あらためて指先に柔らかい唇が触れる。「遠い昔この口に食べ物を運んでいたときのままに。」

よく描けているのは夫の健である。有能な企業人である健は、女性的な末息子に対して、もともと興味も理解も十分でなかったが、朋が「肺炎」で危篤とはじめて聞かされたとき、妻がまだエイズのことなど思ってもみないうちに、即座に「カリニ肺炎か」と吐き捨てるようにいう。そして、てきぱきと旅の支度を指示し、翌日妻とニューヨーク行きの飛行機に乗りこむ。ニューヨークでは、朋の友人田川に事情をくわしく問いただし、息子を見舞って握手したあと手を洗ったりうがいをしたりし、特に自分にできることはないと知るとさっさと帰国を決める。そして、朋のアパートのクローゼットが女物のブラウスやパンタロンでいっぱいなのを見つけ、「要するにこういうことだ」といって「クローゼットのドアを密封するようにきっちりと閉め」る。

妻の鈴子はというと、その場面で、服装だけのことなら朋の幼いころの「女の子ごっこ」と違いはないと思う。「朋は今でもそれが似合うだろう。騒ぐことはない」と心の中で反発する。朋が父ばかりか兄たちにも理解されないところを鈴子はわかっていると思い、三十二歳の朋がまだ女体を知らないことを直感的に察し、また同性愛者でもないことを信じているのである。

そのような母と息子の関係は、朋の幼時にさかのぼってよくわかるように説明されている。鈴子は「女の子としか分け合えないと諦めていた思いを」朋と分け合うことができ、「この子をこの世に産み出」すことができて満足だと思う。「この子は上の二人のように身体的に活発ではないけれど、精神的には二人以上に活発に生きていけるだろう。鈴子はその予感に自ら酔った。」

息子が三十を過ぎても一向に変わらないその母子の関係が、母親の感情をとおして語られることの小説は、全体に理性的な、行儀のよい、過不足のない語り方のものである。問題は、その語り方によって、事柄がいちいちよくわかるようでありながら、同時にもっと大きなわからないものが残ってしまう、というところにある。つまり、母親が息子を愛しているということは、そのこまかいニュアンスまでわかるのに、結局その一つのことしかわからないということである。だから、平板な印象が拭えない。読むうちに刺激的な材料の小説だということがわかってくるのに、平板な単調さの印象はむしろ強まっていくのである。

これは相当腕をあげた人でもなかなか克服できない問題で、小説世界が豊かになるはずの一歩手前のところにとどまっているということになろう。沈着冷静な筆致が悪いのではない。小説はうまく展開させればたくさんのことが語れてしまうものなのに、どこまで読んでも結局一つのことしか語られていないと思わせるようでは失敗である。作者が、「母」から「小説家」へ、どこで脱皮できるかが問題になるのである。

母親鈴子はニューヨークへ行って、最愛の朋に関する新しい事実をいろいろと知る。朋が毎週日本へ電話をしてくる関係でありながら、知らないことも多かったわけだ。まず、朋が大学時代の親友田川を呼び寄せて一緒に暮らしていたこと、二人に男色の事実はないらしいのに、男同士信頼しあった密着的な関係があり、鈴子には手が出せない何か眩しいようなものがあること、があげられる。これは母子の愛情関係とは別の、もう一つの世界があるということにちがいない。

が、それが実際に描き出されるかというと、そうではない。きわめて不十分な書き方だというほかない。

また、朋は仕事の世界のアメリカ人たちに愛されていて、病院に何十人もの見舞い客がやってくる。鈴子の知らないそんな世界がある。だが、「ニューヨークの一角で大勢の友達に囲まれ、鈴子と関わりのない生を生き、当然の帰結として鈴子と関わりのない死を死のうとしている」朋のその一面も、やはり十分にとらえられてはいない。

朋がいったんよくなって退院するとき、彼は薄化粧をし、唇にはくっきりと紅を引き、真珠のイアリングをつける。ニューヨークだからこそそれができるのかもしれないが、朋のそういう姿(あるいは日本で鈴子が知らなかったはずの女装の生活)を書く筆がいかにも弱くて、きれいごとになっていて、結局わからないものが残ってしまう。鈴子は「幼児の『女の子ごっこ』の比ではない、心に鳥肌を立てる美しさだった」「『芸術家の風変わりな格好』や『きれいな仮装』をはるかに越えて完璧過ぎる美しさだった」「これが朋のライフ・スタイルなのだ」と、ごく観念的に受けとめるだけなのである。

男色者ではないとされる朋のエイズの原因については、朋自身はレイプされたといい、相手の男はすでに死んでしまっているようで、朋は相手を怨む様子も見せない。そのへんの書き方も十分とはいえないので、レイプの事実を母親がたやすく理解したように読者も理解するというのは、むつかしいだろうと思う。相手の男の影さえ浮かばない書き方である。基本的には、男同士のレイプが往々にして起こりうるニューヨークという場所なり世界なりが書けていないということであろう。

　朋と田口の密着的な関係も、朋の女装の暮らしも、ニューヨークが書ければもっとはっきり見えてくるはずだ。朋が出歩くとき「周りの反応は寛大で」「朋に向けられる目には明らかな称賛も交じっていた」というが、なおそれに加えてこう説明される。「朋はニューヨークでしか生きていけない。価値観の混沌を生気に変えて躍動し続けるこの大都会でしか。ここでは朋は自分の能力を最高の価格で売り、自分の最も欲しいものを誰はばかることなく享受できる」。だが、この種の説明を連ねても、ニューヨークについて何かをわからせることはできないにちがいない。

　作品の平板さを免れるために、何らかの抽象化の工夫が必要だと考える人がいるかもしれない。だが、それを無理に求めなくても、この作品のばあい、人物と場所がしっかり書けていれば立派なものになる。「鈴子と関わりのない生を生き」てきた朋の半面が浮かび出るはずの後半の書き方が変わってくれれば、朋や田口をもっと人物らしく彫りあげることができたであろう。そして、きれいごとのような印象と、同時に不可解さの印象が、最後までつきまとうということにはならなかったであろう。

町田　康
「人間の屑」

過去の「青年の文学」の代表作家は太宰治かもしれないが、死後半世紀が過ぎ、いまの若者の文学にも太宰治ふうのものがある。ロック歌手で文才もあってという人が注目される時代だが、いま一部でおもしろがられている町田康氏の近作の題は、「人間失格」ならぬ「人間の屑」である。

映画学校を卒業した清十郎は、いい加減な自作の芝居を公演したり、即席のバンドを組んでライブをやったりするが、ライブは成功したものの、暴力団の「アシッド」（ＬＳＤの紙）を食ったために、小田原で温泉旅館をやっている祖母のところへ逃げていくことになる。旅館につづいた祖母の家に逼塞して暮らす清十郎が、「自分」という一人称で語る饒舌体が、大阪弁まじりなので織田作之助を思わせるところもある。そういえば、町田氏の前作は「夫婦善哉」ならぬ「夫婦茶碗」であった。

学校を出ても働く気のない若者のぐうたらな毎日が語られ、風俗的にはまぎれもなく現代だし、ことばも全体にいまの若者ことばではあるが、要所要所で昔のことばが使われ、昔風のいいまわしや調子もうまく生かしてある。そんな箇所をいくつかあげてみる。

「こうして、東京で宿なしとなって婆ぁの温泉旅館に逼塞している自分は、当初、世間の人は楽しくやっているというのに、自分ばかりが婆ぁに小言を言われながらかかる僻地であたら若い命を腐らせなければならぬのだ、とひがみ、苦しみを感じていたが、……」「人間というものは、おぎゃあ、と産まれたその瞬間から、生老病死、愛別離苦、怨憎会苦、求不得苦、五蘊盛苦などの四苦八苦を背負って産まれてきたのであり、苦しみがない人などこの世にただの一人もないのであって、……」「はは、またあののらくらの若旦那だよ、どうだい？　あのぼさぼさ頭は？　あの無精髭は？　あの間抜け面は？　典型的の人生の落伍者だよ。無気力ものだよ。とでもいいたげな、妙な目つきでちらちら見るので、それを避ける意味で自分はいつも、……」

なかなかうまいものだが、こんなことばの世界は、昔からの小説読者にとって馴染みやすいものであるにちがいない。ところどころにせよ、不思議な安定感を感じてしまい、ともかく安心して話に乗っていけるということがあるかもしれない。次のように、古いことわざや常套句もポンポン出てくる。「後悔先に立たず」「禍福はあざなえる縄の如し」「渇しても盗泉の水を飲まず」「いかなる悪逆・非道をなそうとも」「明日からはまた暗黒の日々」「これも運命だ」「縁があったらまた逢おう」などなど、うまいぐあいにユーモラスに使ってある。清十郎という名前にしてからが、わざと大阪風に古めかしい。

「俗臭芬芬たる」小田原の温泉町（というのはどこのことだかわからないが）の「婆ぁ」のところで日に千円ずつもらう居そうろう暮らしのなかで、たまたま旅館の板場に清十郎のバンドを聞いたことのある下働きの青年がいたことから、清十郎はファンだという娘二人と知りあい、やがて祖母と衝突して片方の娘の東京西新宿のアパートへころがりこむ。そして、太宰治の小説のパターンどおり、女に養われる暮らしがたちまち修羅場となり、やむなくもう一人の娘に乗りかえ、両方に子どもが生まれ、というふうに話は進んでいくのである。

清十郎が最初に頼った美人のほうは、「なにかと杓子定規」のところがあって気がおかしくなるのだが、もう一人の娘は「人生を投げているというか、なめているというか」すべてにいい加減な十九歳のお気楽人間である。清十郎はそちらへ乗りかえ、二人で大阪の母親を頼って逃げていくことになる。この二人の娘は一応うまくスケッチされている。だが、「遊郭」をやっているという母親（さきの「小田原の温泉町」と同様、いまどき「遊郭」はおかしいが）と小田原の祖母は、対立的な人物なのに、どちらも同じようで、年齢さえ区別がつかない。簡単にスケッチする気さえないような書き方である。

こういう小説なら、祖母はともかく母親のほうは、どうしてもうまく描いてみせなければならないところだ。大阪へ帰ってから、二人は母親にいわれるままに「うどん・串カツ・鉄板焼」の店を始め、そこそこうまくいく。小説としては、そのへんのところで太宰ふうと織田作ふうがうまく合体融合して新境地がひらけてくれるとありがたいのだが、そして母親がそこにどっしりと、コテコテの大阪ふうに居据わってくれると、小説のおさまりどころが出来るかもしれないのだが、作者はそこまでくるともうくたびれてしまっている。内容が濃くなるべきところで薄くなっていく。懸命に読者を乗せてそこまで引っぱってきながら、その先、読者を運びこむ世界が出来てこないのである。

語り手が最後に閉じこもる世界というものはある。清十郎は、店をナイトクラブに変えたりライブハウスにしたりしたあげく、覚醒剤中毒（？）になり、迷彩戦闘服を着てコンバット遊びにうつつを抜かし、実際にライフル銃を乱射するところまでいくのである。

彼がコンバット遊びをはじめたきっかけは、たまたま「ミリタリーマガジン」という雑誌を買ったことであった。彼はそれ以前には、コンビニエンスストアーで煙草や牛乳を買うとき必ず文庫本も買って、「文学の勉強」をしたりしていた。作者自身、昔の小説を勉強して古いことばを覚え、粘り腰の文章を手に入れた。宇野浩二以来、大阪ふう饒舌体小説は「大阪落語」などといわれて、ほんとうに評価されてきたのかどうかわからないところがあるが、まともな小説が書きにくい現在、八方破れの語りを支える文章力によって目立つということがあるにちがいない。

太宰・織田の文体模写のようでさえある文例を最後に並べておきたい。多分に破目をはずしてはいるけれど、これはこれで勉強の成果というものであろう。

「この人達には家がない。いや、あるけどそれはこの頼りない段ボールなのであって、家なき子、なんて餓鬼の時分に読んで笑ってたけれども、この人達は家なき大人であって、いま自分はちっとも笑えない。なんとなれば自分だって家がないのである。その人達の惨めな姿を眺めるうち自分は、自分だってちょっと怠ければいとも簡単にかかる境遇に落ちるのだ。働こ、と心の底から思った。」「しかし、いま、どこかこう落ちつかぬというのはなぜだろうか。十分かそこら（公園のベンチに）座っていただけなのに、なんだか身体全体が汚れたような埃っぽいような心持ちがするのである。これがすなわち浮浪ということであろうか。」「しかし、いまつくづく思うのは、自分という人間は神によって数奇な人生を送るようにデザインされているのだな、ということ、すなわち猿股の一件である。」「ところが、売れない餃子屋ほど惨めなものはない。（略）買い物の主婦達は当方を見向きもせず店内に入っていき、やがて買物袋を提げて出てくる。このとき自分は心の奥底で、僕の餃子を食べて下さい。真心の餃子です。ファンシー・変わり型の餃子なのです。食べて下さい。買って下さい。奥さん。奥さん。と叫ぶ。」「この瞬間、自分は決意した。恥の多い人生でした。嘘の多い人生でした。自分は瞬間、瞬間を真面目に生きず、目の前の問題から目を逸らし楽な方へ楽な方へと逃げてきたのである。（略）真正の、正真正銘の、つぶよりの、蔵出しの、伝承造りの阿呆である。だから自分はもう働く。」

藤沢　周「ブエノスアイレス午前零時」

今回一九九八年上半期の芥川賞・直木賞は、それぞれ違う畑で仕事をしてきた人が隣りの畑の賞を受けるクロス受賞で話題になった。純文学畑の車谷長吉氏が直木賞、エンタテインメント畑の花村萬月氏が芥川賞ということになったが、芥川賞は本欄で前にとりあげた藤沢周氏との二氏受賞である。

主催者側があらかじめ越境的に候補作をそろえて、さて簡単に何かおもしろい結果が出たかというと、芥川賞に関するかぎり否であった。藤沢・花村両氏の作品は、どちらも私にはもどかしさの残る、坐りのわるいものという印象が強かった。表現をもうひとつ練ってくれないとほんとうのことがわからない、というもどかしさと、語られる話が大もとのところでぐらついていて乗りにくいといった感じと、である。

藤沢氏の「ブエノスアイレス午前零時」は、やや長すぎる短篇小説だが、短篇としての話の設定はおもしろく出来ている。東京からUターンした青年が働く雪国の温泉旅館に社交ダンス用のホールがあり、経営者夫妻はダンスの世界の人で、横浜のダンス会の年配者たち五十人が観光バスで泊まりにくる。そのなかに、昔外人相手の娼婦だったらしい盲目の老女がいて、従業員青年が世話をやき、二人でタンゴを踊る。温泉旅館の冬の夜のわびしさのなかで、老女と青年のアルゼンチン幻想がからみあう。……

そんな話を従業員青年の限定視点で語るためには、いまのUターンの現実や温泉旅館の内実を抜け目なく押さえて書くだけでなく（それは書けているが短篇としては無駄が多い）、青年の立場というものをうまく定めなければなるまい。彼は東京では広告代理店にいて、田舎へ帰ってからそんな履歴の男らしい目がはたらくところもあるのだが、そのへんの書き方はかなりあいまいである。Uターン青年の微妙な立場は微妙なままに、しっかりと定めなければならないであろう。

前におなじ作者の「境界」をとりあげたときに書いたことだが、藤沢氏は子どもの想念や感覚をうまく書く人で、人物は成人なのに幼児性の表現がしばしば見られてそこが冴えているのだが、一方、人物の成人らしさをあらわす部分はまったく冴えない。そのアンバランスが読者を戸惑わせる。「ブエノスアイレス午前零時」は、これまでの作品と違って努めて落着いた書き方を心がけたもののようだが、それでも視点人物の青年のアンバランスな不安定感が、物語の坐りをわるいものにしている。

青年は広告代理店をやめて田舎へ帰ってから、趣味のわるいダンス用のホールを持ち古くさい広告を出している温泉旅館にいやいや勤め、経営者の竹村から無理にダンスを教えられ、毎朝温泉の源泉に卵をつけて「温泉卵」をつくっている。ボイラー室の管理もしている。そんな仕事のとき頭に浮かぶのは幼少期の記憶である。

彼は竹村にダンスを習ったとき、「ステップを図解で示したアマルガメーション」の紙を見て、「こいつらは馬鹿だと思って、（略）その紙を引きちぎってガードレール下の斜面に投げ捨てたことがある。夥しい足跡のマークを見ながら時間を過ごす。そんなことを考えただけで、体の中に何か悪臭のする澱が溜まっていくような気がした」。旅館はダンスの団体客が来ないとつぶれてしまうかもしれないが、彼はいまなお「社交ダンスは踊りも音楽も反吐が出るほど嫌いだ。」「若い奴らも老いた奴らも、まるでスワッピングパーティをやっているように見える。」「いやに手入れされた犬の品評会だとも思う。」というふうに、単純な嫌悪感をいだきつづける。夜のパーティーのサービスにタキシードを着て出るときも、彼はその用意をしながら、相変わらずの嫌悪感にとらわれたままだ。「シャツの襟元から背中に水でも差されたような気持ち悪さを感じながら、髪をオールバックにして撫でつけた。蛍光灯の光を反射した髪がゴキブリの背中のようだとカザマは思う。」

この小説の前半は、落着きのないカザマ青年の生理的嫌悪感の表現が目立ち、それはここに見たようにむしろありきたりなものである。表現のレベルも低くて、読者は乗りにくい。これまでと違って今度は落着いた話を狙っているようでも、これまでの書き方、つまり嫌悪感を爆発させたり乱暴な捨てぜりふを連発したりする不良少年風の書き方から、依然として抜け出せていないように見える。

青年は前半、ホテル・マンとして全然プロでなくて、客がたくさん入ってくるトイレに隠れて煙草を吸ったりしている。自分で鏡を見て、どうしてもサービス業の人間の顔じゃないと思ったりもする。

ところが後半、ツアー客の老女の世話をやく段になると、青年はなぜかプロらしくなってくる。作者もプロらしくなって、語りが安定してくる。青年が何でもないものを見て、中学生みたいに女陰とか精液とかを連想するところが二、三あって目ざわりだが、そんな箇所には目をつぶることにしよう。

後半やっと落着きが出て、私が読者として乗れるようになったのは末尾近く、二日目の晩のパーティーに盲目の老女ミツコがまた現れたところからだ。彼女はもうろくしかけていて、前の晩のパーティーでは踊らず、青年がサービスした温泉卵をダンス・フロアに落としてひと騒ぎあったのだが、二日目の晩ミツコが出てくると青年は彼女をフロアへ誘い出す。その場面がいい。目近《まぢか》に見る彼女の見えない目の描写が二、三箇所あって、そこもおもしろい。

老女は戦後の本牧で知りあったらしいアルゼンチンの男の名前や地名を語り、青年は踊りながらブエノスアイレスの安宿で外人娼婦と語る自分を想像したりする。老若ふたりの妄想ないし幻想がからんで終わる話である。これは結局、アルゼンチン・タンゴからいわば型どおりに生まれた幻想譚ということになるのではないか。そんなふうに、最後がアルゼンチン・タンゴの世界になってしまうのなら（そしてこんな題がつくのなら）、前半のカザマ青年の社交ダンス嫌悪症はいったい何だったのだろう。

作者自身、もし横浜のダンス会なるものに興味をもつ気になれば、小説はもっとずっとおもしろくなったのではなかろうか。ダンス会の五十人が皆、戦後の昭和二十年代の横浜を知っているとは限らないだろうが、ともかくあの時代の古風で埃くさいダンス・フロアから生まれた団体が、五十年後の雪深い田舎の旅館で彼らの歴史の埃をたてている光景を、ちゃんと見せてほしいと思わずにいられない。そんな団体に本牧の元娼婦がいたとしてもおかしくはないだろうが、しかし彼らのあいだから「売女！」などということさらな罵言が聞かれるとはちょっと考えにくい。

ちなみに、日本人の社交ダンスの歴史はすでに古いが、社交ダンス嫌悪症の歴史はもっと古く、どうやら幕末の咸臨丸の遣米使節に始まったらしい。彼らは米国に着いて、見るもの聞くものすべてに好感をいだいたが、ダンスだけは阿呆らしくて見ていられなかったのである。小説の作者というものは、単なる嫌悪症の歴史といえども頭に入れておいたほうがいいことがある。

花村萬月「ゲルマニウムの夜」

この前の藤沢周「ブエノスアイレス午前零時」の主人公は、不良少年風に落着きのないホテル・マンであったが、今回の「ゲルマニウムの夜」の主人公は不良少年そのもので、不良少年物といえば暴力と性がつきものである。作者は気迫をこめて暴力と性を描き、読みどころにしている。人を二人殺してカソリック修道院の付属農場へ逃げこんだ二十二歳の「僕」の話で、作品は二部に分かれている（長篇小説の最初の二章だという説もある）。第一部で「僕」は農場の犬の喉を蹴りつぶし、修道女志願者（アスピラント）の女性を相手にトラックの運転台で童貞をやぶる。第二部では、白人修道女の目の前に勃起したものを露出させ、犬を蹴ったのと同じように仲間の青年の口を蹴りつぶす。口中に石をふくませたうえで足蹴りを加え、歯をへし折るばかりか頬に穴まであけてしまうのである。そんな暴力場面の書き方を見よう。

おかげで蹴り二発で醒めてしまった。強ばっていた脊椎が弛緩し、溶けていた。宇川君が焦点の定まらぬ眼差しをして草叢に膝を突いている。鼻が折れたのか、青黒く腫れあがり、福笑いのように露骨に斜めに曲がっている。鼻血はたいしたことがない。僕は腰をかがめて彼の口のガムテープをゆっくりと剝がしてやった。

とたんに宇川君は石を吐きだし、いっしょに折れた歯を吐きだした。

泣いた。

圧しころした声で泣いた。

いい泣き声だった。その蛭の唇から純粋な悲しみが洩れている。僕も少しだけ悲しくなった。しかしそれよりも草叢に散乱した歯に吸いこまれた。歯は大量で、骨の白さに血の朱色を纏って夜の藍色に挑むかのような、しかし抑制された輝きを放っている。左半分の欠けた上弦の月の光が程良いから、淡さ仄かさの中に意外にしっかりとした芯がある。

色彩とは、こうあるべきだ。骨の内包する白さが直に迫るのは遠慮に欠ける。押しつけがましい、血の緋色朱色が巧みにその脅迫ぶりを弱めてくれるわけだ。ああ、いい光景だな、詩情だな。僕はうっとりした。

「僕」は暴力と性の力で農場の男女を従え、「王国」ができていくという話のようだが、前半は話の筋道がはっきり見える書き方ではない。農場の人間関係も、人物ひとりひとりも、よくわかるように書かれてはいない。そもそも、朧という名の「僕」自体、殺人犯としてわかりやすいとはいえない。だから、いま引用したような場面の鮮やかさが混沌のなかにいくつか浮かんでいるという印象がまずある。

石原慎太郎氏が「冒瀆の快感を謳った作品」と気持ちよさそうに評しているが、モラルや聖性に対する冒瀆の情熱ないしエネルギーが噴出するような書き方で、ひたすらそれにうたれるのを楽しむという読み方もあるかもしれない。

だが、これは最初からそう簡単に受けとめられる小説ではない。文章にしても、引用部分は一応すっきりしているが、全篇がこの程度にやわらかい文章で書かれているわけではない。全体に、もっとずっと力の入った、生硬な、しかもべったりと厚塗りしたような文章である。かつての純文学畑のものと同様、いまのエンタテインメント小説も翻訳小説の強い影響下にあって、ことば数が多くて乱雑だが濃密な、長い文章をワープロで叩き出したものが多いようだが、この小説の文章も同類である。こまかく脈絡をたどる読み方をすると、その乱雑さに目がくらむ。

全体に叙述が乱雑である一つの理由は、二十年以上前の二十二歳の「僕」に即した語りに徹すべきところを、いつの間にか現在の作者自身の「僕」が語り出し、時には演説もしてしまうといった野放図さにある。さきの引用部分は、二十二歳の目がとらえた場面として印象深く読めるが、他の大部分は必ずしもそうではない。

たとえば、アスピラントの女性との性交渉に至る過程で、「僕」は動物の糞棄場の強烈なにおいを嗅ぐや突然「有機農業」のことを述べたてはじめる。「農業とは自然を露悪的に改変する超絶的テクノロジーだ。肥溜めで発酵する糞便の神秘は、悪意が充満した科学なのだ。」「自然食好きの有機野菜好きにこの寄生虫の卵の充ちみちた糞の海を泳がせてやりたい。僕のもっとも嫌いなものは、選別にすぎないくせにそこに自然保護という名を冠して小市民の自尊心を擽る西欧白人型の新たな植民地主義だ。」

調子が急に激してきて意味がよくとれないが、ここで感情を小爆発させ頭でっかちにもなっているのは、二十二歳の「僕」ではなく、四十何歳かの現在の作者自身であろう。

さて、話は後半、「僕」の悪事を聴罪神父に告解する運びになる。それをすすめたのは童貞をやぶって以来連夜交わりつづけているアスピラントの教子であり、彼女はおそらく「僕」の母のようなものになっている。聴罪神父モスカは「僕」がひそかに慕う「父」であろう。

その二人については、作者はやや安直な説明で片づけて、先を急ごうとしている。「僕」との関係を隠しつづける教子は、「わたしは主を裏切ることがよろこびなの。わたしは地獄の業火に灼かれるの」という女とされ、モスカ神父については、「僕」はかつて少年時代に「答えが目的ではなくて、考えることとそれ自体が目的であるということを徹底的に教わったのだ。（略）白人の愛玩物として存在する日本の子供たちであったが、モスカ神父と僕の関係はそれを超越していた。」とされる。どちらも不思議に甘い説明になっている。だから、結局それは父と母ということなのだろうと思う。

モスカ神父に告解する場面から一挙に展開して終わる小説である。二人殺して逃げてきたとはいっても、これまで過去の殺人のことはその事実も記憶も、なぜか一切語られなかったのが、告解のせりふにはじめて少し出てくる。しかもそれは、「僕」が神と罰の問題でモスカ神父をためすための材料になるのである。

もう一つ、「僕」は修道女を犯したと嘘の告白をして赦されるが、やがてかつがれたと知った神父に「二度とあらわれるな」と追い出されてしまう。この場面は、放蕩息子が老いた父親をふりまわしたあげく、また家を出ていくところのようである。宗教論議は複雑にならない。モスカ神父はやがて死を迎える。

「僕」は赦された「未来の罪」を成就させるために修道女テレジアと交わることになる。残飯のドラム罐を乗せたリヤカーの縁につかまらせて性交する場面がある。全体に、糞便や残飯や腐敗物のイメージが強調される書き方だが、この小説の末尾は、妊娠した豚を解体する作業を描き、豚の内臓や胎児を露出させ、ぶちまけて、締めくくってある。モスカ神父とアスピラント教子についての筆の甘さが、最後にどうしても残ってしまうきらいがある。

平野啓一郎「日蝕」

二十三歳の京大生の芥川賞（一九九八年下半期）受賞作である。二百五十枚だという。

今のふつうの若者小説ではない。「いま」と「ここ」にとらわれがちなのがふつうの若者だとしたら、「日蝕」の作者は、はるか五百年もさかのぼった過去と、はるかに遠いフランスのリヨネあるいはドーフィネの田舎に思いをこらしている。その思いたるやなまなかのものではない。

フィレンツェでルネッサンスの花がひらいた十五世紀、まだ中世的な北方のフランスの若い学僧が、一人称で語る体裁の物語である。年をへてからの回想というかたちになっている。その語りは、見たこともないような漢字を多用して古風につくりあげたもので、たとえばフィレンツェは仏稜、リヨンは里昂といった漢字が当ててある。

どんな語りか、少し引いてみよう。

……聖トマスがアリストテレスの哲学を我々の神学を以て克服したように、私は再度興《ふたたびおこ》ったこれらの異教哲学を、主の御名の下に秩序付ける必要を痛切に感じていたのである。私の不安は、啻《ただ》にプラトン及びそれに続く亜歴撒的里亜《アレキサンドリア》学派の受容の問題にのみ帰せられるべきではなかった。迫劫《はくきょう》する巨大な海嘯は、前述のヘルメス・トリスメギストスの著作は云うに及ばず、その他の有相無相の魔術や哲学をも呑食して、将《きた》に我々の許へと到らむとしていた。私が虞れていたのは、その無秩序な氾濫である。河を上り来る水は、煌めく魚鱗を伴って、慥かに我々に多くの潤いを与えるかも知れない。しかし、一度地に溢れ出せば、必ずやそれは数多《あまた》の麦を腐敗せしめる筈である。異教徒達の思想も亦、これに違《たが》う所が無い。我々はその氾濫の為に、信仰が危機に瀕するを防がねばならなかった。その洪水が、我々の秩序を呑み尽くし底に鎮めむとするを防がねばならなかった。径《ただ》ちに、迅速に。そしてそれが故に、私が為には、神学と哲学との総合と云う、既にして古色を帯びつつあった嘗ての理想は、本復して再度その意義を新《あらた》にし、加之《しかのみならず》、それを実現することこそが、この現世で与えられた己の唯一つの使命であるとさえも信ぜられていたのである。

そんな不安と使命感と、新しいものに対する隠しきれない興味とをいだいて、「私」はリヨンへ旅立っていく。フィレンツェからの情報や書物が、リヨンへは届いているかもしれないからである。「私」はリヨンに着き、リヨン司教の知遇を得て、その紹介で少し南のヴィエンヌに近いある村を訪ねる。そして、村はずれに住む錬金術師ピエェル・デュファイの異端的精神世界に惹き寄せられていく。

ごく若い作者が、文学的出発にあたって、新機軸の歴史小説によって鮮やかな成功をおさめた例は、谷崎潤一郎、芥川龍之介、横光利一、三島由紀夫と、近代文学のビッグ・ネームを並べたてることができる。だが、いまの時代に、そんな昔の作家がやったような仕事はもう無理なはずであった。文章にしても、横光や三島の流儀が有効な時代ではないはずだった。そこへ茶髪ファッションの平野氏が、横光式の「書くように書く」文章を工夫し、若い知力と想像力の限りをつくして、必ずしも鮮やかというのではないが、人を驚かすに足る力作を投じてきた。

「日蝕」は、谷崎、芥川の処女作のような、新しい解釈による短い端的な寓話といったものではない。いまそれをやるとマンガのようになりかねないので、「日蝕」はたしかに十分すぎるほど長くてくわしい。材料は日本や中国の過去ではなく、われわれとは異質なキリスト教文明の中世である。作者は中世的キリスト教世界を語るために、持てる知識をすべて投げこんでいる。その知識が驚くべきものであるばかりでなく、中世のキリスト教神学や、ヨーロッパ中世社会とその文化に対する想像力が十分に発揮されて、ところどころ白熱的な叙述を生んでいる。

私のように大学にいる人間から見ると、これは大学院生の書いた博士論文のようなものである。実際、文壇に提出された博士論文を読むようで、そのための評価を強いられるような気持ちになるが、ともかくもそれがよい評価になるのは上に述べたとおりである。だが、小説が楽しめるかどうかというもっと大きな問題が残る。

小説としてよく出来ているという作品ではない。ストーリーは単純で強いが、そのわりに印象が定まりにくいのは、叙述がいかにも煩雑だからである。エピソードや細部も、もっと無駄をはぶいて単純化できそうに思える。もちろん中世キリスト教の神学世界の馴染みにくさというものもある。作者は単なるペダントリーを超えてのめりこんでいくが、それだけにまた、想念が四方八方にはびこりやすい。あるいは、いろいろとアイデアを重ねていくようなことになる。

この話のなかで最大のポイントは、「魔女狩り」によって捕えられ焚刑に処せられる両性具有者《アンドロギュノス》の存在である。その聖なる存在をどうイメージすべきであろうか。物語の中心におかれるそのイメージは石なのか肉なのか。というのは、もともと両性具有者は森の鍾乳洞の奥にいる、石像のような「石に縛《いまし》められた」「石の人」であった（洞窟という設定だから「石の人」になるのなら、なぜ洞窟なのか）。ピエェルはしばしばそこへかよって、光を発する両性具有者の「肉体」をうやうやしく愛撫する関係をもっていた。彼は「この世ならぬ何ものかに参与しているかのよう」（傍点作者）であった。それは彼が錬金炉《アタノオル》で作業をしている時とおなじようでもあり、両性具有者は「錬金術の人造人間《ホムンクルス》」かとも疑われた。

このピエェルと両性具有者の関係はなかなか難解なのだが、その難解さは「日蝕」の物語にとって本質的なものなので、単純化してしまうわけにはいかない。だから、その難解さをよりよく生かすためにも、両性具有者のイメージをどう語るかが大事な問題になってくる。説明としては、それは語れないということのようだが、小説としてそれではすまないのではないだろうか。両性具有者が火刑台上で焼かれるとき、語り手の「私」は聖なる存在と一体となるのを感じ、

「両性具有者《アンドロギュノス》は私自身であったのかも知れない」と思うのだが、それとともに物語のイメージの集約点は、「一貫した像を形造ることは出来ない」いまま、雲散霧消していく。

小説を楽しむうえの問題点として、文章のこともあげておきたい。作者はたぶん森鷗外などを参考にして、ずいぶん苦労して中世の学僧の文章らしきものをつくり出しているのだが、このスタイルで二百五十枚を読ませるのは容易なことではない。知的な文章なのに、枝葉が茂りすぎたような風通しの悪さがあって、文章そのものが迷路じみてくる。すっきりとは語りにくい材料ならばこそ、文章はすっきりさせて、鷗外風の明晰さを魅力にして、もっと全体を見通しやすいものにしてほしいと願わずにいられない。

以上、二十三歳の作者に対してはやや無理な注文も含めて、小説としての問題点を並べてみたが、欠点はあってもこの小説はいま評判をよんでいる。面白がられているというより、好意的に受けとめられている。ふだんは七面倒くさいことばの世界に入ろうとしない人まで、なんとなく好奇の目を向けている。小説として面白いとはいえないものが、四十万部も売れるはずはないのに売れている。要するに、文学的な「事件」が衆目をあつめるということが、こんな時代にもあったのである。

「日蝕」の作者に対する興味ないし関心とは、簡単にいってどういうものであろうか。「日蝕」という作品が、その一作によって文学に何か新しいものを加えたというわけではないので、作者のそのような才能が驚かれたのではない。新人はふつう、新しい感性や感覚の可能性が評価されるものだが、平野氏のばあい、そういう評価とは関係がない。

世間の関心は、おそらく、ひとりの若者のオタク的集中力が、世にありふれたものではなしに、意外にもきわめて知的な文学を生んでしまったことに向けられている。その若者が奇妙な宗教や趣味のほうへ行くのではなく、まじめな勉強を積み重ね、知的緊張を強めていき、そこにおのずから想像力が働いて、正面切った力わざとしての文学が生まれたことを、世間はまるで現代の錬金術のように受けとめたのではあるまいか。人々は文中の難漢字のコレクションに費やされた時間の長さを思い、発表前の校正の作業ひとつとってもいかに労の多いものかを想像して、いまの若者がやってのけたある意味で破天荒な仕事に拍手を送る気持ちでいるのにちがいない。

もちろん平野氏も、多くの若者とおなじように、視覚的エンタテインメントによって想像力を養われるような育ち方をしているはずである。この作品の道具立てにそれがうかがわれる。文学としては、現代のエンタテインメントをどう超えるかが問われるわけで、「日蝕」評価のポイントは結局その一点に絞られるであろう。

作者は文章に苦労して自分の育ちを超えようとした。さきに私が疑問を呈した文章によって、ともかくもそれを成しとげた。小説の文章の魅力という点では十分でなくても、しっかりした力をことばに与えて、ポイントの一点をクリヤーした。私もそれを確認するような読み方をして強い印象を受けた。

鈴木清剛
「ロックンロールミシン」

前回の平野氏とおなじ最も若い世代の小説を探して、もうひとつ読んでみた。一九九九年度三島由紀夫賞受賞作である。作者の鈴木氏は一昨年、二十六か七で「文藝賞」をとり、昨年「ロックンロールミシン」を発表、二百枚余りのその作品で一年後に三島賞を得た。経歴が変わっていて、文化服装学院出身、ファッション界の人である。

一読して、作者が小説の書き方をよく心得ているという印象があった。ファッションの世界で生きてきた若い人が、小説を書いてまったく危なげがないのが心地よい驚きを与える。いまの二十代がどこかに持っている醒めたクレヴァネスのあらわれかもしれないとも思う。

書きだしのところに、洋裁の仮縫いなどに使う「シルクピン」というものが出てくる。ファッション・メーカーのマンションの床には、シルクピンが無数に落ちている。それを踏んで血を流すこともあるし、また「インディーズブランド」を始めたばかりの中山凌一のように、針がたくさん埋まっているマットレスに平気で寝て、背中がみみず腫れのようになることもある。

　専門学校を出たばかりの凌一と専門学校で助手をしている椿めぐみと、ロンドンで勉強してきたカツオの三人が始めた仕事に、コンピューター・ソフトの会社をやめた近田賢司がかかわっていく話で、三人とは畑ちがいのサラリーマン・タイプの賢司の側から特殊な仕事の世界を覗かせる書き方になっている。賢司はファッション界の若者たちに違和感をいだきながらもかかわっていき、やがてまた弾き出されるようにもとのコンピューターの世界へ戻っていく。そんな人物を設定して、そちら側から語る書き方に安定感がある。小説の常道のようなものを、作者はちゃんと心得ているのである。

　もともと凌一は、「いいんだよ、勘だよ勘」で「おもしろそー」なファッション世界に飛びこんだだけで、何か確たるものがあるわけではない。ただデザインの感覚にいいものがあるらしい。三人は毎日ミシンで縫う「洋裁」の仕事にはげまなければならないのだが、賢司から見て彼らは「体を酷使しておしゃれをしている」人たちであり、大げさにいえば服に命を賭けるような不思議なところをもっている。金髪坊主頭の凌一は「ファッションで世界征服する」などと大言壮語をすることもある。

　だが実際のところ、彼らの仕事は採算がとれるようなものではない。服をつくるために土方のアルバイトをしたりするほどだ。商売を考えるよりも、ただ好きな服をつくりたいというのは、賢司のような人間には理解しがたいことである。凌一は、仕事の目鼻がついていないのに、「オレさ、ずっとファッションやってるっていう、予感だけはあるんだよな」という。「あーあ、オレも一瞬だけでも光輝いているような服、つくってみたいよ」

賢司は原価計算もできない凌一たちを見かねて、コンピューターをつかったマネージメントに乗りだす。ちょうど昔の芸術青年、文学青年タイプを相手にするように、賢司はひとりよがりな彼らを半分馬鹿にしながら少しずつ深入りしていく。

だが、賢司の目には、三人の実際の仕事ぶりはもどかしいものに映る。どこまで真剣なのかわからないと思うことがある。彼らは展示会へ服を五十点ほど出すつもりなのだが、日が迫っても点数がはかどらず、凌一とめぐみは仕事を放り出して昼間からラブ・ホテルへ行ってしまったりする。それを知ったときの賢司の孤独感がこんなふうに書かれる。

やっぱり、あいつらにはついていけない、と賢司は思った。三人の関係が、奇妙に思えてならなかった。そしてあいつらとは、オレはやっぱり違うんだ、とあらためて感じた。同じ人種で、まして同世代を生きる者同士で、性別以外に種類などあるはずもない。けれど確実に、人間には種類があると賢司は思うのだった。同じ趣向、同じ考え、同じ感性を持つ人間は、自然と寄り集まっていく。それは彼等と遊ぶようになってから、いつもどこかで思っていたことだった。〈モンキー・バー〉に行っても、クラブに行っても、賢司はどうしても彼等の世界に馴染むことが出来なかった。違和感を楽しんでいられたのも、反発する気持ちがどこかにあったからだ。凌一は、いつからあちら側の人間になったのだろう。高校の頃は、自分と同じ世界に属する人間だったはずだ。

……凌一たちが違う種類の人間だとすると、オレと同類の人間というのはいったいどこにいるんだろう？　専門学校時代の友人や、勤めていた会社の同僚たちのことを考えた。同じ方向性の仲間だったということには違いない。彼等が自分と同類とも思えたし、全く違うようにも思えた。そして自分と同じ種類の人間なんて、世の中にはいないのかもしれないと賢司は思った。


そのあとの運びがうまい。椿めぐみを思うところのあった賢司が泣き寝入りしたところへ、コンピューター会社の同僚だったユミコが訪ねてくる。セックスのあと、はこうとしたズボンのポケットからシルクピンが落ちる。賢司は針をつまみあげてしげしげと見つめる。

「賢司はふと自分を刺してみたくなった。手の甲に、小さな痛みがチクリと走る。縫いものをしていると手を刺すことも頻繁になるから、少しぐらいの痛みなら感じなくなってくる。そんなことを言っていた凌一たちのことを思い出していた。皮膚は赤くなり、ぽつぽつと針あとが出来ている。」賢司は凌一が腕に針を刺して刺青をするのを見たこともあったのだ。

ユミコが帰るとすぐ、凌一が電話をよこす。そして、「わりい、今まで手伝わしといて悪いんだけどさ……オレ、やめたから」と唐突にいう。賢司が仰天してマンションへ駆けつけると、大騒ぎになっている。凌一はつくった服が全部気に入らないので処分するというのである。凌一がラブ・ホテルへ行ったのは、自分の決意を椿めぐみに告げるためであった。

めぐみが「固体のような涙」を流して泣き叫び、凌一が裁断鋏で服を切り刻みつづける場面がクライマックスになっている。凌一はデザインの才能があり、めぐみは「洋裁」の技術がいいというふうに、二人は違っているのだが、ここに至って仕事に対する考え方も違ってしまっている。凌一は自分の感覚だけを頼りに他の二人を巻きこみ無手勝流にやってきて、突然これまでのすべてが間違っていたからゼロにしたいと思いつめ、こんなのはどこか違うとひたすら言いつのることしかできない。彼は自分というものがわからなくなってしまったのである。

大騒ぎがしずまった末尾のところでめぐみがいう。「誰もあんたのこと許したわけじゃないんだから。凌ちゃんは、また同じようなことくり返すだけなのよ。カツオちゃんなら、将来成功することもあるかもしれないけどね」

賢司はコンピューターの世界へ戻っていく。じつは前にユミコが訪ねてきた場面で、プログラマー仲間のユミコがもくろんでいる仕事に誘われ、賢司はそれを断っていた。そしてそれが別れの場面にもなっていた。その後賢司は、あらためて別の会社に勤めることになるという結末である。

人物との距離のとり方がうまく、話の展開のためにうつべき手はすべてうって淡々と語っていく若い作者の落着きぶりに感心させられる。書かれている若者世界が多分に狭苦しく見え、こんな小世界（!）と切り捨てたくなっても、やがて小説の語り手に信頼感がもてるようになると変わってくる。舌足らずで単調な若者ことばのひとつひとつと、つきあおうとする気持ちができていく。

書き方のツボを押さえたウェル・メイドな小説が出てくるのはいいことだと私は思っている。芥川賞とその周辺の作品を読んできて、出来そこないばかりがつづいて腹立たしく思った時期が過去にあった。出来そこないを出来そこないと見ない人たちがいるのを不思議に思った。うまい小説は印象が弱いという受けとめ方があって、意識的に出来そこない小説が書かれたというのが実情かもしれない。私はそこにうさんくさいものを感じて黙っていられないことがあった。

今回「ロックンロールミシン」を読んで、アメリカの大学の創作科を出て作家になった人が、書き方をよく心得ているのと似ているようだとも思った。創作科では、読者に信頼される語り方を身につける勉強をするはずだが、鈴木氏はそんな場所で訓練された優等生のような作品を書いてしまった。おそらく教えられたわけでもないのに、教えられたようにきちんと書けているのが不思議な気がした。

松浦寿輝「幽（かすか）」

一九九九年上半期の芥川賞は受賞作がなく、一番点が高かったという松浦氏の作品が「文藝春秋」にのっているので読んでみた。三、四人の選考委員がこの作を推したらしいが、私には楽しく読めず、二度読むのは無理だった。受賞作というレベルではないと思った。

四十代半ばの男が、癌の手術のあと広告代理店をやめ、妻とも別れて江戸川のほとりに「隠棲」する。その家は偶然出会ったもとの会社の後輩から借りたものである。「この世のきわ」「生のきわのきわ」「果ての果て」でひとり「彼岸」を見ながら暮らす毎日が、ややゆるんだ饒舌体で語られる。

幽明境《さかい》を異にするなどと言うが、たぶんこの家はその幽と明との間の境界そのものなのだろう。今の伽村は時には明るい側に身を置き彼方の瞑《くら》い淵をこわごわと覗きこんで立ち竦むこともあり、時にはその幽冥界の方にふと突き抜けてそこから現世の光景を珍しそうに振り返ることもありというような具合で生きているようだった。そういうのを生きているとは言わないだろうか。そう言えば葛原妙子の詠んだ「他界よりながめてあらばしづかなる的となるべきゆふぐれの水」という思わず溜め息をつかずにいられないほど美しい歌もあった。

(略)

すべてが幽《かすか》なもの、幽《かそけ》きものとなってゆくと伽村は思った。生がどこまでも幽《かそけ》くなり、かぼそくなり、他界から振り返って見たとき黄昏の光に照り映えて浮かび上がっている幽《あえか》な水溜まりのようなものとなってゆく。大気中に植物のひげ根やかぼそい蔓が伸び広がり、視界が繊弱な網目模様で埋め尽くされだんだん暗くなってゆくようだった。その暗さの奥を絶え入りそうな鳥の声の細みがわたって生きていることの無意味さがいよいよ研ぎ澄まされてゆくようだった。……

こんな説明からこの小説の大体がわかるであろう。江戸川べりの土地に「境界」の物語が構想され、主人公があちらとこちらを往き来して、「幽《かそけ》きもの」の世界が出来ていくところを読ませようとしている。それは半ば死者たちの世界のようでもある。

作者の知的関心なり観念なりはわかりやすく、詩的イメージが生きているところもある。ただ、観念と詩的イメージで小説の構想はおおよそ出来ても、実際に小説をつくっていくのは散文的な部分なので、そこをどう書くかが問題になる。

　主人公伽村は、後輩の永瀬から提供された二階建ての家に住みはじめるが、いつまでも家の間取りが呑みこめず、ないはずの部屋があったりその逆だったりし、時によって家が伸び縮みするような気がする。生命力が稀薄な男が、人の家でおっかなびっくり、しかも横着に暮らしはじめればそんな感じをもつかもしれず、この小説の細部で生きているのは家についてそんなふうに書かれるところである。

　だが、その家を永瀬から借りたいきさつとなると、そこはちゃんと生かしてほしいのに、ぞんざいな走り書きのまま小説らしい細部になってくれない。池袋の路上で偶然出会った永瀬から、鍵を押しつけられるようにして、彼が留守をするという家に住むことになるのだが、その場面は何としてもうまく書くべきであろう。それに、鍵を受けとってしまった伽村が実際に引っ越していくところも、おそらくこの話の大事なポイントになる。

　ポイントがうまく書けないというのは、もっと基本的に、人物が書けないということでもあるにちがいない。人物についての説明が甘くて興をそがれるのは、永瀬についてだけでなく、伽村がやがてつきあうようになる隣家の若い女沙知子についても同様である。沙知子はソープ嬢という「散文的」な設定ではあるが、十分散文的に生かされているわけではない。生かすより、観念的に意味づけられていて、その証拠に女を形容することばがばかに甘くなっている。その例を二つあげておく。引用文が長くなりすぎるのは、文章のせいなのでやむを得ない。

……人工的な言葉を繰り出すのが好きな女は黙りこむときもまたいかにも人工的で、それは結局自分の内側の身体的自然がどれほど貧しいかを告白することでしかなく哀れと言えば哀れだが、伽村の生きていた業界のどちらかと言えば美人と言っていいような連中にそうした貧しい女たちが多いのを伽村は常々不思議に思っていたものだった。沙知子にはそうしたつけつけした貧しさはまったくなく、何かを喋れば喋るで、また黙っているならいるで、そこに一人の女がいることを花が咲いているような自然として伽村の前に示しているだけだった。

これもやはり繁茂する植物の気に呑みこまれ浄化されるのと同じようなことなのだろうか。だがこうして沙知子を抱いてかすかに開いた口からかぐわしい息の匂いを嗅いでいることはたとえば朝起きて果物のジュースを一口含むとその爽やかな味が口中いっぱいに広がり粘膜の味蕾を刺激してまだ眠りの中に半ばどんよりと漬かっている軀を一時に目覚めさせてくれる、ちょうどそんな作用を伽村に及ぼすようで、たしかに酒の酔いも手伝ってけうとい疲労のようなものが訪れてきてはいたがしかしそれでもここ数年間絶えてなかった或る爽快な覚醒もまた同時に感じないわけではなかった。(略) 幽に属しようが明に属しようがこのくゆり立つ女の軀は今ここにあり、植物のような優しさで俺を慰撫しながら、しかし俺の中の何かを刺激し爽やかに揺り動かしてその覚醒を誘っていると伽村は思った。

「花が咲いているような自然」とか、「かぐわしい息の匂い」とか、「くゆり立つ女の軀」とか、果物のジュースの「爽やかな味」とか、女を描くときにどうしてそんな貧しげな形容になるのか、持ってまわったような文章だけに索然とさせられる。永瀬を書くところで何度もワーグナーが出てきたりするのも同じで、人物を描くときに緊張がゆるんで、表現のレベルがさがってしまうようなのはなぜだろうか。

この饒舌体では、散文的な雑駁なことがらを次々に生かしていく力がないと、長さが支えきれない。そのことを十分考えずに話がつくられているようにも見える。主人公伽村は生死の境目に立っているが、境目ではなくすでに死者の国にいるようでもあって、もし最初からそういうことにしてしまうとしたら、当然筆の緊張はゆるむであろう。

あっさりむこう側へ逃げてしまわずに、生死のぎりぎりの境目が十分リアルになるように書く必要がある。その緊張感がないと読めなくなるはずだ。

もし彼岸から此岸を見るような目があるのなら、その目がどの場面にあるといえるだろうか。青山の裏通りの仕立屋でスーツをつくってもらう気になるところなども、いかにもゆるんだ文章で、そんな目が生きる書き方ではない。「見るからに閑古鳥が鳴いていそうな古ぼけた、しかしどこか風格のある店構え」のテーラーなどと、タウン・ガイド誌みたいな書き方で「上品な爺さん」を登場させているだけである。

こういう話はともかく短く書いてほしいと願わずにいられない。これは明らかに短篇の材料で、もっとていねいに三十枚で書けば作品は逆に渺茫《びょうぼう》として、幽《かすか》なるものが目に見えて、読みどころがちゃんと出来たにちがいない。それをこんな長さ（たぶん百五十枚くらい）にすると、特に読みどころといってない全体にぼけた作品になって、「幽（かすか）」という題であらためて説明しなければならないようなことになる。

　前回、半ば意識的に出来そこないの小説が書かれる傾向があってやりきれないという意味のことを書いた。読むほうとしてはそのうさんくささがやりきれないわけだが、今回同じことを感じさせられて楽しくなかった。作者の年齢が少し上になるとまたこれだ、とも思った。

赤坂真理「ミューズ」

「文学界」一九九九年十二月号の巻頭に載っている百七十枚の作品。以前からこの作家を面白がる人がいて、芥川賞候補にもなっているが、私は今度はじめて読んだ。読むのにかなり苦労をし、私はふだんはやらないことだが、ところどころ飛ばし読みをしなければならなかった。

もしかすると、赤坂さんのものの中で失敗作なのかもしれない。それでも、新聞社の学芸部の記者が注目して、新聞に大きく紹介したりしている。新人の新作としては例外的な扱いである。

「ミューズ」という小説の特徴を簡単にいうなら、女性の生理感覚の表現が鋭いこと、主人公の生身が触れている事物の記述がくわしいこと、それから小説世界が乱雑で「何でもあり」になっていること、などであろうか。

この三点は、特に現代感覚にこだわる読者に喜ばれるポイントといえるにちがいない。小説が乱雑なことも、端的に「いま」を感じさせて、「何でもあり」の、何が出てくるかわからないスリルのようなものさえ期待させるのかもしれない。きちんと整った小説など読みたくないと、最初から構えてかかる読者がいるとすれば、読み手のそんな「構え」を逆手にとる書き方だともいえるであろう。それは前回に述べた、半ば意識的に出来そこないの小説を書く、ということと結局同じことになる。

「ミューズ」の文章は、短いセンテンスを叩きつけ、畳みかけるといった調子のもので、独特の鋭さがあるが、またきわめて独特に舌足らずなものである。いまの若者の会話がわかりにくいのと同じように、「ミューズ」の地の文がわかりにくい。その理由を考えると、三十代半ばの作者の育ちから来るものと、小説制作の作業の仕方から来るものと、両方ありそうに思える。

おそらく作者は、せかせかとパソコンを叩いて想像力を刺激しつづけ、白熱的な作業にのめりこんでいったのにちがいない。肉体的にも白熱していくような仕事ぶりが伝わって気持ちがよい。だが同時に、肉体的昂揚をパソコンにぶつけたような、飛躍の多いあわただしい文章が、私には速記を読むようにわかりにくかったのである。

いまその種の文章は、むしろ一般化している。いまの文芸雑誌は、批評的な文章を中心に、若者の早口の会話のような舌足らずな速記体の文章によって占められていて、逆にいえばその雑誌に収まる小説として「ミューズ」はふさわしいはずだ。つまり、いまの文学の風景といったものを、他の凡百の文章と一緒になって「ミューズ」が見せてくれているということになる。

さて、この小説のストーリーそのものは、女子高校生が主人公であるだけに、むしろ単純である。タレントの仕事を始めている高校生美緒が、歯列矯正の治療を受けている歯科医と関係をもつ。クリニックの受付の小部屋で関係ができてから関係がおわるまで。季節は梅雨期。場所は成城の高級住宅地とその近くの森。だが、それだけできれいな話が出来てしまうのではない。美緒の家の奇妙な宗教とそれにまつわる幼時の体験が、ところどころに別のフィクションのように挿入される。かと思えば、テレクラといったナマな風俗世界の裏話が書きこまれる。成城のスーパーマーケットの品物と値段が延々と列挙される箇所もある。

作者は何かと寓意を込めたがるところがあるのかもしれず、奇妙な宗教の話で家族の問題を語っているのかもしれないが、支離滅裂でついていけず、私はそこを読みとばした。そんなものは除いて、女子高校生と歯科医の情交場面に絞って、よく書けているところだけを楽しみたいと思った。実際、美緒の性の感覚と感情が鋭く示され、矯正歯科医も美緒をとおしてなかなかうまくとらえてある。若い女性の生理感覚を突っこんで語るところにこの作家の特徴がある。「ミューズ」では、歯列矯正に関する事実がくわしく説明され、その説明の中から独特の身体感覚が浮かび、矯正歯科医との情交をつうじて自己の意識が抽き出されてくる。

カウンセリング室のことをよく思い出す。そこには模型や写真のファイルとともにコンピュータがあり、患者のデータを最初に入力すると、抜歯から、歯並びを直すとあなたの顔はこうなるというシミュレーションが、徐々に歯並びが変容していく様が見られた。（略）そしてそのシミュレーションは、歯並びをそろえるのみならず矯正が輪郭に与える影響までをも算出する。

私は、自分の顔がひとまわり小さくなるのを見た。ある日鏡の中に、シミュレーション経過の顔を見つけとてもびっくりした。ある予測された未来に向かってその通りに自分自身が、意思とは関係なしに動くのは、自分の体が自分のものでないようであり、生命の神秘を自分の体で感じさせられているようであり、何よりも、事実だった。心なんかなくても、体が、ここにある、ただ生きている、そういうシンプルで圧倒的な驚き。

（略）

先生は、キャミソールの紐の片方を唇でのけ、紐があった場所に軽く唇を這わせていった。私の体は歓びに、生まれてからずっと感じたことのないことを感じていた。紐がとられている。何かがなくなったことによってだけ、そこにそれがあったと知る感覚、今ないその何ものかによっても、自分ができていて、自分が、新しくできてゆくという感覚。残像と未来の像の中に自分が今いる。それは、すべてをつかんでいるあたたかい肉体。自分が時間の中にしっかり抱かれている感覚。そこから続いていく時間に、私は恋い焦がれた。先生にみんなあげると思った。……

美緒は、歯の内側に矯正装置をつけるのだが、やってみると、「口の中でステンレスの突起が内側に向いているのは、ナイフを体の内側に向けられている感じ」で、舌の下側が傷つき、あげくに食道や胃までが痛みだす。それほど生理的に過敏な娘なのである。そのことから、こんな説明が出てくる。「しかしその苦痛と苛立ちから、私の中には奇妙な野性が目覚めて、それはシンプルな攻撃性というか狩猟本能みたいなものだ。それに私は、内胚葉の記憶、と名付けた。私は蛇のように内向きの牙を備えた、奇怪な生物に、自分を感じ始めた。」

この「野性」なるものは、説明としての奇抜な面白さが、女子高校生の現実のなかでいわば見かけ倒しになっているように見える。それがどういうものか、私は具体的に読みとることができなかった。はだかの生身の生理をほとんど本能的に突っこんでいくところと、頭脳的観念的な（そして飛躍的な）説明が出てくるところとが、少なからずちぐはぐになっているのかもしれない。ちぐはぐなままに強いエネルギーで突っ走って、「何でもあり」の乱雑な世界になっているのではないだろうか。

そのこと自体を、小説家としての力量のあらわれのように見る見方があるとしても、たとえば芥川賞といった場でこの作品を評価するのはおそらくむつかしいにちがいない。たしかに、いまの新人が目立つためには、「ミューズ」の作者のように、たとえば生理感覚に思いきって突っこんでいくようなところがなくてはなるまい。が、それだけでは「ミューズ」を評価しきれないところがむつかしい。なにしろ芥川賞作品として一般読者の前に出るには文章が荒すぎるし、この作家がつける題はいつも独特なカタカナことばで、選ぶほうは内心手を焼かなければなるまい。ちなみに「ミューズ」は、矯正歯科医が手を洗う「薬用ミューズ」というものから来ている。クリニックで美緒の口に突っこまれる歯科医の手はいい匂いがしていて、美緒は好んでそれをしゃぶるようになるのである。

玄　月「蔭の棲みか」
藤野千夜「夏の約束」

一九九九年度下半期の芥川賞受賞作二篇を、「文藝春秋」にのっている順に読む。

玄月「蔭の棲みか」は、在日韓国・朝鮮人の「集落」を大阪市東部に設定して、戦前からそこに住みつづけソバンと呼ばれている老人の話が語られる。「集落」はいまではゴム底靴の工場で成功した永山のもので、工場で働く不法入国中国人たちの棲みかとなり、韓国・朝鮮人はソバンのほかもうほとんど住んでいない。ソバンは工場での妻の事故死によって永山から月々食事と小遣いを与えられ、何十年も働かずに生きてきた。彼はかつて日本の軍隊で右の手首を亡くしたが、朝鮮人戦傷者の障害年金を求めて名乗り出るようすすめられ、今さらとは思うものの、気持ちが動きはじめる。……

作者は在日韓国・朝鮮人の特殊な「集落」をつくって、そこから物語を抽き出そうとしている。

現在の情況なり問題なりをうまく利用した設定になっている。ソバン老人と永山のほかに、死んだ息子の世代の医師や日本人ボランティア女性などを配したつくりも安定している。過去の在日作家の作品とはちがう今日性が生きるように、周到に考えられた作品であろう。

ただ、小説のつくりの周到さがわかるだけに、私は細部のリアリティーの粗い感じが気になった。人物も輪郭はわかるが細部がわかりにくい、という印象をもった。「集落」そのものも、いまこんなかたちであり得るかどうかわからないが、そこにふさわしい人物が案出され、ともかく全体の構図を支える強さを与えられている。だが、彼らが動き出して小説の中身が着実に出来ていくかというと、なかなかそうなってはくれない。そのためには何か不都合なものがあるという感じを拭えない。何かが邪魔をしているのだが、私はそれを簡単に細部のウソといっておく。

人物の心の動きがウソになっているところが少なからずあるように見える。文章も、歯止めのきいた着実な感じのものなのに、肝心なところでひと滑りする。選考委員の三浦哲郎氏が、三度読んでもよくわからないところが残ったといっているが、同感であった。肝心なところでなぜか的確さが失われるからだ。

日ごろソバンと親しい、死んだ息子と同窓の医師高本が、戦傷者の障害年金のことをいいながら、ソバンの不具の腕を見せてくれと頼むところがある。高本は「ふたつの瘤がかすかに隆起した薄桃色のしっとり汗ばんだ先端が、袖口から現れ」るのを見て、「オオッ。久しぶりに拝ませてもらったが、相変わらずなまめかしい。初心《うぶ》なオス馬の先っぽがちょうどこんな感じや」と衆目のなかでいう。ソバンは「いまの扱われ方はひどい」と侮辱を感じるのだが、おそらく高本は死んだ友人の父親を侮辱したがっているのではない。せりふそのものはいわゆる韓国風のもので、冗談が過ぎる感じだが、私にはそもそも高本がなぜこの場面でわざわざソバンの「なまめかしい」傷口を見たがるのか、その心理がわからない。

「韓国風」のせりふは、ほかにもいろいろと出てくる。朝鮮語が話せない若い世代が、そんなせりふを日本語で、日常の場面で乱発するとも思えないのだが、そういうところは韓国小説の翻訳のように読める。皆がソバンのことを「化石」とか「近いうちに死ぬんやから」とか「死人が笑ろうとる」とか「香典を先払いしといたる」とか「いつ死ぬのかだれにも見当がつかない老いぼれ」とか、面と向かっていう。たしかに一種の名物扱いにはちがいない。だが、こんなえげつないせりふを多用して、作者は一種の韓国・朝鮮風世界をつくろうとしているのだと思われる。ソバン自身のせりふはもっと日本離れしている。「おまえは腹に五十年分の反吐を溜め込んだ屁たれの胴元や」。さすがにこれは、いまも朝鮮語が話せるソバンらしく、翻訳そのものの趣きである。

ほかに、朝鮮族の中国人の〈寮長〉という男が出てくるが、日本へ来て二年にしかならないその男のせりふは、日本人以上に自在で雄弁な日本語になっている。その完璧な日本語同様、韓国小説風の日本語も、現実のものというより明らかにつくられていて、そこがこれまでの在日文学とちがうところであろう。せりふだけではない。そもそも主人公のソバン老人のキャラクター自体、そのように誇張してつくられているのではないだろうか。

つけ加えるなら、話の最後に出てくる日本人の警官がまた、突然インテリが演説を始めたように長広舌をふるうので驚かずにいられない。警官が登場するきっかけになった不法就労中国人らの私刑《リンチ》の騒ぎも、いかにも奇妙な話にしてある。だが、作者がここでなすべきは、わざわざ奇妙な話をつくることではなく、「集落」の現在を語るために、韓国・朝鮮人のあとへ入りこんだ中国人一人一人をよく見て描くことではなかろうか。こういう材料だからこそ、文学的なわざとらしさを避けるための工夫が必要ではないだろうか。

藤野千夜《ちや》「夏の約束」のほうへ行くと、こちらはもっと自然に読める。ゲイのカップルと「トランスセクシャル」の女性が、ふつうの女性たちとともに生きる日常世界が、みごとにやわらかく示されている。肩の力を抜いた軽い文章だが、神経が行き届いていて、散漫に流れず、私は十分楽しく読み進めることができた。いま多い饒舌調のエッセイふう小説は、一見柔軟そうな語りでも、何かの主張が露骨に覗いていたりするものだが、この作品はエッセイふうではなく、性的少数者の問題や主張を述べたてたものではない。そんなところはまったくない。

語りくちはふわふわしているようでも、小説のつくりは意外にしっかりしている。その点で、私は前にとりあげた鈴木清剛「ロックンロールミシン」に似ているように思った。ファッション界の若者たちを描いた「ロックンロールミシン」の主人公がサラリーマン・タイプに設定されていたように、「夏の約束」のゲイの主人公松井マルオも、新宿副都心の優良(?)会社に勤めて、総務課の主任に昇進している。両作とも人物をうまく配置し、人物のスケッチに生彩があり、話の運びも危なげがないところが共通している。どちらも書き方のツボを押さえたウェル・メイドな小説である。

「夏の約束」の松井マルオは、スーツを着、黒革の書類かばんを持ったサラリーマンで、すでにゲイであることを明かしているが、職場ではこれといった摩擦があるわけでもない。総務課の人間として株主総会の準備に追われたりもし、マルオはそれなりに有能で多忙だ。そんな男が、昼休みの超高層ビルの前でマルチーズ犬を抱いた性転換女性のたま代とばったり出会い、一緒にハンバーガー・ショップへ行ったりする。仕事のあと同僚たちの「男の遊び」から逃れて帰るのは、恋人三木橋ヒカルが待っている私的な世界である。時には「世間から剝離された感覚を味わ」うこともあるその世界へ、彼は毎日帰っていくのである。

ふつうの女たちとも混じりあえるその世界の、独特なやわらかさと微妙さがうまく出ていて共感できる。不思議な肌ざわりのよさが感じられる。こまかすぎるくらいの細部が生きていて、その感じを支えているのである。たま代のちっぽけなマルチーズ犬でさえ、随所で躍動している。マルオは、少年期以来の他人の好奇の目や揶揄や迫害を、いつしか超越してしまったような平静な心で生きている。その達観した平静さによって、このやわらかい世界は細心に守られているのである。

こういう小説を読むと、男性作者がみずからの内なる女性性をうまく解放することが（女性作者のばあいは男性性を解放することが）、いい小説を書くことにつながるという事情を考えさせられる。もちろんそれがすべてではないが、この小説からある種の自由感が感じられたとしても、それは必ずしも作者のセクシャリティーのあり方から来るものではないはずだ。

そうではなくて、それは作者が小説家として自由になり、自在になれているということが読み手に伝わるからである。それが伝わったとき、読み手は納得して、これはいい小説だと素直に喜ぶ気持ちになれるのである。

星野智幸「目覚めよと人魚は歌う」

二〇〇〇年度の三島由紀夫賞受賞作品である。

この前とりあげた玄月「蔭の棲みか」の主人公は在日韓国・朝鮮人だったが、この小説の主人公は日系ペルー人である。少年のころ「デカセギ」の親について日本へ来て、日本の教育を受けた二十二歳の混血青年である。名前はスペイン語のドミンゴに由来する日曜《ヒヨ》人《ヒト》、通称ヒヨ。

日本人の自明性など信じようがない、あるいは信じたくないという読者を想定して、人種の混淆のすすむ現実を踏まえた話をつくっている点で、玄、星野両氏の仕事は共通性をもっている。その現実を踏まえてはいるが、問題をごまかしなくつかんで示しているかというと、やや疑わしいという点も同じようである。両氏の年齢も同じくらいらしい。

玄月作品が在日の人たちの世界を韓国小説の翻訳のような調子で語っていたように、星野作品はラテンアメリカ文学の語り方を学んだ文章になっている。どちらもやや強引に奇妙な話に仕立ててある。玄月作品は小説全体のつくりはしっかりしていて、細部のウソが目立ったが、星野作品は全体がうまく出来ていなくて、細部の書き方に面白味がある。混血の青年を中心にしたラテンアメリカ的官能世界を独自のことばでつむぎあげようとしている。スペイン語が直接出てくるところもある。(うまく生かせてないが)

文例としては、いわゆるマジック・リアリズムふうの書き方のところをあげてみる。

……やがて、杉に産みつけられた(カマキリの)卵から硬い殻の虫が孵るように、山吹色のショベルカーやブルドーザーが次々と山中に湧きだし、杉林を食い尽くし、土をむきだしにし、平らにならしていった。丘は禿げあがり、一気に老けこんだ。そのまま死ぬかと思われたころ、ショベルカーやブルドーザーは農薬でも撒かれたかのように突然動かなくなり、いましがたまで土を食み木を倒していてまたすぐにも続きを始めようという格好のまま、冷たくなっていた。ショベルカーやブルドーザーの死骸は、赤い土に侵食し返されたのか、赤茶けた錆を吹いていった。もし山吹色の大きな甲虫たちが使命半ばで斃れず、最後の一本まで木を食い尽くしていたら、そのあとに種が蒔かれ、白くて同じ形をした家がエノキダケのようににょきにょきと伸びていったことだろう。あるいは、近くの豊富な温泉をあてこんで、同じ形の目が無数についたマンション群が、月見草やセイタカアワダチソウの代わりに生えていたかもしれない。けれど、虫たちは餌がなくなって死に、種は蒔かれなかった。その虫食い跡の片すみに翌年、生まれるはずだった家たちの水子が、ススキ野原の姿をして現れた。ススキたちは風が吹くたびにすすり泣く。さらにそのススキ野原の一部を、丸越の父親が二束三文の価格で買いとると、供養でもするようにコテージ風の丸太の家を建てた。建てたとたん丸越の父は、その家の住人もまた亡者でなくてはならぬと言わんばかりに、病気で死んだ。丸越はその遺産を継ぎ、この土地の墓守となった。そして、生きる屍であるわたしが漂い着いた。……

この「わたし」は糖子という三十代の女性で、中伊豆の丘の上の家に丸越という中年男と暮らしている。そこへ、日系ペルー人と日本人暴走族の抗争から逃げてきたヒヨとあな（日本人女性）がころがりこんでくる。その家での二人の逃亡生活が語られる。

全体がいま引いたような文章で書かれているわけではない。ヒヨとあなの二人を描いた部分は、若いカップルの神経と感覚と生理のからみあいが、一種密着的な書き方で生かされている。作者はこちらのほうが自然にやれている。日本人の「ラテン化」などということがあるのか、ひたすら感覚的感情的で快楽を追い求め暴力がほとばしるといった人間関係があって、作者はいわばその接近戦的な官能世界をリアルに描こうとしている。

ただ、主人公のヒヨは混血青年なので、話は結局彼のアイデンティティーの問題になる。「分裂」とか「細切れ」とかいうことばが使われる。そんな説明がくり返されるところへ来ると、文章も平凡になるし、「亡霊」とか「なま身」とか「書割」とか、観念的な説明の文句がそらぞらしく浮いてくる。強引で、薄手で、混乱した感じになる。小説がうまく展開できていない証拠である。

日系ペルー人の問題をこまかく押さえた話になっているのかどうか、多分に疑問も湧いてくる。

　この小説の主人公はヒヨのはずだが、糖子が「わたし」で語る部分も多く、そこを読むときは、彼女の奇妙に孤立した妄想世界を追わなければならない。が、その妄想の意味はやがて種明かしされる。「十八であの人と会って、初めてわたしは自分のために生きている気がした」という相手とアメリカへ高飛びしたときのこと、テキサスのモーテルで過ごした日々に、いまも糖子の想念は縛られているのである。中伊豆の丘の、掘り返されたままの「赤砂漠」と乾いたテキサスの赤い土がそっくりで、「わたしたちはいまも、モーテルの窓から射しこむ月明かりを浴びて、睦みあっている」のだという。そんな糖子は、別れた男とのあいだに出来た男の子と一緒に丸越と暮らしながらまともな関係をもたず、それでも丸越は「疑似家族」だといって、やにさがっている。

　若いカップルが「半人前」なのはともかく、この中年の二人があまりにも「半人前」すぎて、二人が若いカップルとからむ部分はまるで面白くならない。小説がふくらむとすればそこだと思うが、ふくらんでこないので後半はだれる。たぶん作者が中年の人物に十分興味がもてないからだろうが、ラテンアメリカ小説ならこのカップルをしたたかに生かすだろうにと思わずにいられない。

　若いヒヨとあなの奇妙な逃亡生活が、官能と色彩のラテン的な濃密さとともに示され、幻想的なおもむきにも欠けていないとすれば、それをまるごと受けとらせる物語の世界と秩序が出来てこなければならないであろう。それが出来れば、少々のウソくささや混乱は呑みこまれてしまうだろう。だが、その種の有無をいわさぬ統一感は結局生じることがない。

若いカップルを語る部分と糖子を中心とする部分で視点が違っていて、両者がなかなか統合されないのと、部分部分で文章が違っているために、バラバラな印象が最後まで変わらない。作者のなかでもバラバラのままなのか、題のつけ方に困って、おそらく糖子をあらわす下手な題がついてしまっている。

町田康「きれぎれ」
松浦寿輝「花腐《くた》し」

すでにとりあげたことのある作家たちだが、今回（二〇〇〇年度上半期）の芥川賞を同時受賞したので、それぞれ二作目として読んだ。松浦氏のものは同工異曲、町田氏のものは文章を一歩突っこませる冒険をしている。前の作品の、太宰治や織田作之助の文体模写のようなものから、作者独自の、あるいはより「現代化」したスタイルのほうへ踏み出している。

ただ、両作とも私には退屈で、時に耐えがたい思いを禁じ得なかった。何ページ読んでも、これはというものに行き当たらない。どちらも饒舌に次ぐ饒舌、滑りに滑る長広舌の隙間に何か見つけたいと思うが、おそらくそんな読み方をしてはいけないのであろう。

選考委員の何人もが「時代」ということをいっている。そんなことばで説明するしかない作品なのだろうか。作者はどう書いているかというと、「花腐し」の主人公は、「バブルの背後霊しょってこの十年生きてきた」男である。友人と二人でやってきたデザイン事務所が倒産寸前、「生活が根こそぎ崩壊しかけている」。バブル崩壊の十年後が時代の「どんづまり」として設定されている。そこに雨が降り、花も物も腐り、意気沮喪した人間が腐臭にまみれるというわけである。

だが、世間で不景気がどんづまりに来たといっているのを、そのまま小説の設定にしているとしたら、あまりに能のない話ではないだろうか。日本や日本人がだめになったと世間が思っているらしいのを、そのままなぞるようにつくった話と読まれては、ぶちこわしというものではなかろうか。このばあい、「時代」とか「世紀末」とかいわれないための用意が、どうしても必要なのである。

松浦氏の前作「幽(かすか)」について、私は半ば意識的に出来そこないの小説がつくられているといったが、「花腐し」を読むとそれは必ずしも当たっていないような気がしてきた。おそらくその意識はあまりなく、むしろ不用意なのかもしれず、小説としてよく出来ていないのは、単にうまくやれていないだけなのかもしれない。一種の確信犯として、「小説ぶちこわし」の危険な橋をわざと渡っているわけではないのだろう。

「花腐し」はたぶん、日本国意気消沈の図をことさらになぞろうとしているのではなく、むしろもっと無造作に、作者自身の前作をなぞっているのである。前作の「この世のきわ」「生のきわのきわ」と同じものを、今度は新大久保の街なかに作りだし、「もう半ばこの世からはみ出してしまったつもりでいる」中年男の話をもう一度語ろうとしている。この世からはみ出すなどというい方がまったく軽いのも前作と変わらない。女についての形容が、「白い木蓮の花のようなふっくらした羞じらいの笑み」「みずみずしい果物のような小さな乳房」というふうにごく甘いのも同じである。

「花腐し」の中年男は、「幽」の主人公がふとしたことから空家に住みついたように、取り壊し寸前の古アパートへ入りこんでしまう。そこにひとり居残っている男とのいきさつを読ませる小説である。その中年男二人の関係は、主に会話によって示されるが、その会話が中途半端にインテリふうで何ともつまらない。前作で突然ワーグナーが出てきたように、ここでは万葉集が出てくる。人物の心がいかに空虚でも、小説の会話が空疎そのものでは小説にならない。読者は救われようがない。

主人公はやがて、キャバクラ勤めのドラッグ少女とのセックスを経験することになる。「少女も中年男も疾うに腐りきった肉の堆積」であるにすぎない。が、彼は性行為のさなかに新宿から新大久保へかけての街が一気に燃えあがるという妄想をいだく。「俺のペニスから発した炎の帯がこの町の全体を呑みこむだろう。」「俺が呑みこむのだ。」と彼は思おうとする。

二人の中年男の空疎な饒舌のはてに、そんな観念的な性的クライマックスが用意されている小説である。「ブラックホール」に呑みこまれそうになっている男の、はかない妄想のクライマックスである。はかないというより、ありふれていて、力がなくて、がっかりさせられる。似たもの同士のような男二人が出会ってから小説が展開せず、作者は苦しまぎれに駄弁を詰めこんだあと、腐肉のセックスと大火のイメージを持ちこんで、何とか話にケリをつけているのである。

「きれぎれ」のほうは、前作同様の八方破れの語りが独自の文章になりかけているのに目を惹かれた。前回とりあげた星野智幸氏のばあいも、「ラテン系」の日本語文章の可能性を評価する人がいたように、町田氏のパンクロック的なビートを感じさせる文章が、一部の選考委員の強い支持を得たようだ。その文章に関連して、「時代の情感」といったことばが出てくる。少なくとも、時代の空気がかき立てられるような文章だといえるであろう。

いまの社会の現実に身が合わずに七転八倒する青年の、意識と感情と行為の「きれぎれ」のさまが語られる小説である。青年は老舗の陶器店のあととり息子だが、働かずに母親から金をもらって暮らし、「ランパブ」の女と結婚もするが、成功した絵かきの友人と張りあって、自分も再び絵を描こうとする。ぐうたらな芸術青年の乱脈な貧乏暮らし（?）が、特に友人のあいだを借金してまわるような話が、昭和十年代の小説みたいにつくられているが、風俗やことばは現代そのものである。ただ、奇妙なことに、「俥《くるま》」とか「職工」とか「乗合バス」とか、古いことばがひょいひょい混じる。

神経過敏な青年の七転八倒は、まるで焼けた鉄板の上で踊っているようで、まったく目まぐるしい。青年の想念の奔逸を追うのにもエネルギーがいる。その想念はしばしば、文学に描かれた戦前の光景あるいは人間風景を重ねたようなものになる。そこが独特で、面白いともいえるが、立ち止まって面白がることができないようなせかせかした語りだし、いわば順不同の乱雑さだから、私はいちいち記憶にとどめることができなかった。二度読んでみても、今度はくわしく読みたくない箇所がいろいろ出てきて（たとえば、長いランパブの場面、それからもっと長い友人の個展の場面など）、結局二度目は半分くらい飛ばすような読み方になってしまう。

時代ということをいうなら、私は昭和十年代という過去の時代の亡霊がうろついているような今の空気を、若い作者が教えてくれているのかもしれないという気がした。そんな空気は文学のうえでも御免だと思うが、松浦氏の作品も含めて、私はあの時代のあまり再読したくない悪あがき文学の幻を見て、憮然とするような気持ちもあったのである。

青来有一「聖水」
堀江敏幸「熊の敷石」

二篇とも二〇〇〇年度下半期芥川賞受賞作。青来《せいらい》氏のものは長崎の隠れキリシタンの末裔らしき人々の話である。そのなかの「裏切者」を祖先にもつ一族がかつて住んだ土地があり、語り手の父親が、見捨てられたその地へわざわざ戻って死を迎えることになる。

その引越しの日から話が始まるが、冒頭から何ページかがもどかしい。語り手の「ぼく」が子どもか大人か、なかなかわからない。引越し先の土地へ家族が登っていくらしいのだが、叙述が的確でないので、どこへどう行こうとしているのかがわかりにくい。ともかく浦上の天主堂のドームと市街が見える土地らしい。死にかけている父親の年齢も、まだ老人というには遠いらしいことが（まだ若くて戦後生まれの団塊の世代くらいらしいことが）、あとになってようやくわかってくる。

もどかしさは、全体に文章がゆるくて、ことばの絞りが甘いことから来るようだ。会話も多すぎ、せりふに説明的な不自然さが目立って、何か間接的な説明ばかり読まされるという印象が拭えない。おそらく作者はストーリーを語ることに気をとられていて、せりふまでストーリーの説明のための平明な調子になってしまう。

それでも、九州や沖縄のほうの話は、何が出てくるかわからないという期待感をいだかせる。隠れキリシタンの伝説など、風俗としても独特なものであろう。長崎には原爆体験もある。父親の従兄弟の「佐我里さん」(何と読むのか?)は、母親の腹の中で原爆の閃光を見たと信じている「教祖様」のような男である。

その「教祖様」は、長髪のうしろを束ねて、エコ・ショップやリサイクル工房を経営している。海辺の泉の水を壜に詰めて「聖水」として売り、彼のまわりには「聖水会」という信仰集団が出来かけている。彼はかつて学生運動の仲間を、「先祖伝来」の拷問技術で死に至らしめたことがあった。「ぼく」の父は従業員二百数十人の「ストア」を経営してきたが、店の改革のために、古参役員や銀行の反対を押しきり、佐我里さんを役員にしたところである。

父親は死を前にして、佐我里さんと彼の「聖水」を信じるようになっている。「生きていくには信心はいらないが、死んでいくには信心がいる」のである。「聖水」は「この世とあの世をつなぐ水」なのだという。

父親が末期の眼で見つめる夏の日々、原爆記念日があり、お盆の精霊流しがある。衰弱していく父は、くり返し自分が死ぬことを語って多弁である。この世を去ることについて、これだけことばをつかう病人がいるだろうかと思うほどだ。

彼のせりふは、どれもこれも変にはっきりしすぎている。すべて文章語である。たとえばこんなふうに。「夢に現れることが、しだいに、しっかりとした重さを持ち始めている」「いちじくの実をもぎって、それを指で割って食べた。ずっしりと手に重く、赤紫の実の中は鮮やかな薄桃色で、青臭い匂いもした。そして、甘くて、喉が潤った……、霧の向こうにも、確かに世界がひろがっておる」「オラショが聴こえる」。

「ガーデンチェア」に横たわった父親をいわば舞台の中央に置き、自らの死について朗々と語らせるような書き方である。その不自然さにどこまでついていけるかであろう。

物語としては、父親の会社の経営権をめぐる争いが重ねてある。最後に裏切られた父が、憤怒のなかで死んでいくというクライマックスが用意されている。「聖水会」の面々がオラショを唱和し、その場面をとりしきる佐我里さんが、いよいよ教祖風になっていくさまが印象づけられて終わる。

死や信仰について、決して観念的ではないのに饒舌に語られた作品という印象である。文章の無駄が多く、ことばが滑ってそらぞらしくなりがちだ。それに、「今でも隠れ（キリシタン）かもしれん」という人々の世界が、もうひとつリアルにならず、佐我里さんの「聖水会」と同様うさんくさく見えてくるようなところがある。そのために、私は強いストーリーに乗せられるというより、茫洋とした冗漫な世界をむなしく漂うような読み方になった。

そのなかで印象に残りやすかったのは、むしろ佐我里さんのエコ・ビジネスにからむ部分で、独自の「チケット」を流通させている奇妙なローカル世界が面白い。「ぼく」が女の子とモーテルへ入ると、そこにも佐我里さんの「聖水」が置いてある。「聖水」はチケットで買えるのだから、モーテル代にもチケットが使えそうではないか。人物としてよくわからない佐我里さんよりも、そんなローカル世界が面白いと思えてくる。

堀江氏の「熊の敷石」のほうは、物語の不自然さやことごとしさとは無縁である。作者が、「書き手としての私は、漠然とした総意にもとづく『小説』の型を、いやそればかりでなく、どのような文章の枠をも弾いてしまうらしい」と「受賞のことば」で説明しているように、あえて小説らしさを退けた書き方になっている。あえてというより自然にというべきか、前衛的な気負いはないので、ごくふつうのエッセイのように読める。

ただ、これは文章の緻密な、重いエッセイである。フランス・ノルマンディーの旅が語られる。「私」はかつて留学したとき知りあったユダヤ人のヤンと再会する。どちらもまだ定職を得ていない、感受性豊かなインテリ青年である。昔知りあったとき、ヤンはまずパリのユダヤ人街へ「私」を連れていった。ヤンがポーランド生まれの祖母とともに幼いころから馴染んだ街だ。

知りあった最初から、「きみにはなんとなくそういう話をしたくなるところがある」とヤンが思ったような二人の関係である。過去のナチズムの悲劇が、いまなお「あちこちで人々の痛覚を刺激している」ヨーロッパ。再会したとき、ヤンは家族の歴史を語っていう。「収容所を知っている世代とそうでない世代では、なにかが変わる。決定的な線引きが行われる。なぜ両親はぼくに大事なことを伝えなかったのかって、それが不思議でね。」「まあ、この手の物語はありふれてるけどね。ヨーロッパならどこにでも転がってる話だ。祖母の一族は十六人いて、戦後も命があったのはわずか四人さ。」

なんとなくウマが合い、最初から思わず本音を語ってしまうような関係がある。ヤンと「私」のあいだも、日ごろは疎遠だし、通じないところがあっても、もどかしさを超えて大事なことがひょいと通じてしまう瞬間がある。インテリ青年のヨーロッパでの関係だから、多少ペダンティックにもなるが、微妙な呼吸がリアルにとらえてある。実際こんなものだなあと思い、私には青来作品よりわかりやすかった。

ただ、それはエッセイとしてのわかりやすさで、小説としてはいろいろ注文をつけたくなる。まずヤンの人物像がやや一般的なこと。ヤンの描き方はエッセイ向きというにとどまっている。小説ならもっと彫りこめるはずで、ヤンの個性が浮かび出る瞬間がほしい。

叙述も、小説として見ると不必要な部分が多いように思う。書くべきでないことがたくさん入っている。だから、青来作品とはまた違った意味で全体がゆるんで見える。「熊の敷石」という表題は、ラ・フォンテーヌの寓話から来ていて、作者はその妙なことばの由来を探索したり面白がったりするが、そこから表題をもってくるとエッセイになってしまう。ヤンと「私」の関係をそれで説明するのは無理で、作中熊のイメージがたくさん出てくるので、小説の題なら当然「熊」であろう。

作者は、好きなように書くと自然に小説の型からはずれてしまうというが、私はこの作品を読みながら、もっとしっかりした小説に組み立て直したくなった。それはたぶん難しくないし、そのほうが内容も増えるはずだと思った。ことばや事柄の連鎖をこまかくたどる書き方も、ただそれだけを楽しんでよしとする気にはなれず、作者が嫌う「型」が見えてくるようにしたほうが、冗長さが消えて、読みものとして上等にもなるだろうと思った。

近作を読む

「蛇にピアス」と「蹴りたい背中」

本日は暑いところをお集まりいただいてありがとうございます。文学の講座ですので、作品の一部を朗読してもらうつもりで、文芸学科副手の中島かおりさんに来てもらいました。前回の佐藤洋二郎さんの「小説を書く」に引き続き、今回は小説の読み方について話したいと思います。最近芥川賞を受賞した金原ひとみさんの『蛇にピアス』と、綿矢りささんの『蹴りたい背中』を取り上げます。どちらも評判になって、本が百万部以上売れたりしたようですが、どんな読み方をされたのでしょうか。いまは、小説を読むより書きたいという人が多いようです。他人に興味を持つより、自分を表現し主張したいという人が多いのかもしれない。しかしたまには他人の書いたものを読んで、それがどういう読み方になるか、立ち入って考えてみることも必要です。

今回芥川賞を受賞したふたつの作品は、それぞれの才能が鮮やかに発揮されて、いまの若者の隠れた力を印象づけるものだったと思います。ただ、一般的には、金原さんの小説の異常な材料に興味を持ったり、驚いたりする人が多かったのかもしれません。あるいは、綿矢さんの一九歳という年齢が新聞の大きな見出しになる、ということがあった。実際のところ、二人はたった半年しか違わないのですが。

刺激的な材料の作品は、そのときもてはやされて、すぐに棄てられるという扱いを受けがちですが、じつはこのふたつの作品は非常によくできています。小説の材料の異常さや、作者の年齢の若さに驚いて、いまの一九・二〇歳はこんなことを考えているのかとか、こういうことをしているのかとか、そんなことを話題にして終わってしまうだけでは、せっかく時間をかけて小説を読んでもつまらないと思います。それをどう読むかということを、今日はお話ししたいと思います。

金原さんや綿矢さんは、この世の中へ出てきてまだ二〇年くらいしか経っていないのに、小説のことを大変よく知っています。経験はまだ狭いかもしれませんが、その狭い独自の経験から、しっかりした小説を作りだしている。読むと、ここに小説があると思わせてくれる。それを確認したとき、小説好きの読者は、なるほどこれはいいと納得できる。小説のもつ小説らしさが、読者の喜びになるということがあります。今回の作品はどちらも、そういうものになっていたと思います。めったにないことです。

僕はここの文芸学科で三〇年間創作指導をしてきましたが、近年学生たちの作品のレベルが上がってきたということを強く感じています。いまの二〇歳前後の人たちには、面白いものを書く人が増えています。今回の芥川賞のふたりはそういう若者たちの代表選手だといえるでしょうが、ふたりとも、似たような大勢の若者のなかで、孤立した個人であるために文学を必要とした人たちだと思いますし、自分の孤立をはっきり意識するところから、彼女たちの文学が生まれているのがわかります。

二人は小説をたくさん読んできて、その結果、的確微妙に言葉をつかう力と、一種成熟した感覚を手に入れたのだと思います。そのために二人の小説は落着いて読めるものになっていて、文学に教育されたものがあるという感じを受けます。とくに金原さんの場合は、学校へも行かずにお父さんとの関係で個人的に創作教育を受けるということがあったのかもしれない。それは、文芸学科で小説を書こうとしている学生たちと同じことで、その点でも興味深かったのですが。

では、金原さんの「蛇にピアス」からいきたいと思います。この作品を読むといまの若者特有の言葉が出てきて、年配の読者はちょっとひっかかるかもしれませんから、中島さんにひとつふたつ聞いてみたいと思います。たとえば「ギャル」とか「コテコテのギャル」とかいう言葉が出てきます。これは我々が通常考えるギャルとはちょっと違うようですので、解説してもらいたいと思います。

中島　ギャルというのは、渋谷なんかによくいますが、エクステンションというつけ毛をつけて髪を金髪なんかに染め、露出度の高い洋服を着た若い女の子のことです。

普通の女の子とはちょっと違って、幾分突っぱったプラスアルファがあるということですね。この小説の主人公のルイという女の子は、そういう「ギャル」として設定されています。「確かに、キャミソールワンピースに、金の巻き毛で、舌ピは変だろう。」という説明がある。キャミソールワンピースというのは、露出度の高い服で、金の巻き毛というのは、エクステンションをつけているんでしょうかね。そして「舌ピ」という言葉がある。舌にピアスをすることを、略して舌ピというんですね。そして「ギャル」が舌ピをするということはおそらくないんですね。舌ピをする人というのはもうちょっと過激な、進んだ人たちなんでしょうが、そういうタイプでもないのにピアスをする女の子の話なんです。

その他にも「アマと知り合ったあの日、私たちはスプリットタンの話で盛り上がり、私はアマの部屋にお持ち帰りされた。」という文章があります。この「お持ち帰り」も、最初に読んだときは「ん？」と思いますが、英語にするとテイクアウトで、女性が男性にテイクアウトされるということですね。こういう言葉は別に作者がつくったのではなくて、かなり普及しているようです。知り合ったその晩に男のアパートへ行って泊まってしまうということのようです。

さて、ピアスは通常ゲージ（G）という単位で大きさを表すようで、耳のピアスは16Gから14Gのサイズが普通なんだそうですが、それをうんと広げてゼロまで大きくしてしまう人がいる。作者の金原さん自身も、かなり大きいピアスをしているようですが、それと同じように舌にピアスをして、その穴を少しずつ拡張してゆき、舌を最終的には二枚に裂くようなことをするのを「スプリットタン」という。つまり、身体改造によって蛇の舌のようなものをつくるわけです。

物語の冒頭から、実際にそんな舌をもつ「蛇男」が出てきます。それがアマという青年で、ルイという主人公の「私」は、「男よりも舌に惚れた感じ」で一緒に暮らすようになります。蛇の舌をもつアマは他にも眉に三本、下唇に三本、太いピアスを目立たせています。

まもなく主人公も舌にピアスを入れてもらいます。特殊な店へ行って、彫り師のパンク青年シバさんという人に施術をしてもらう。そのシバさんは、瞼や眉や唇や鼻や頬にいちいちピアスをしているという青年です。頭も剃っていて、てっぺんに龍の入れ墨を入れている。その男とアマと「私」(ルイ)の三人の話なんです。

さて、主人公のルイという女性がどう設定されているかというと、彼女はコンパニオンのアルバイトをすることがある。着物姿で一流企業のパーティーに出て酒をついでまわるというアルバイトをして、まともな世間とぎりぎりに接して生きている。ルイが「ウケのいい顔に生まれて、良かった。」と思うところがありますが、きっと可愛い顔をしているんでしょう。しかも「気だての良い日本女性を装った私は、どこのパーティーでもたくさん名刺を渡される」という普通の娘らしさをもっている。コンパニオンをやるときは、茶色のストレートのウィッグをつけて、それをアップにして着物を着て、舌にはもうピアスをしているんですが、それを見せないように隠しながらサービスをします。彼女はエリート相手のコンパニオンをしながら、こんなことを思うんです。「スプリットタンを完成させたら、このバイトも出来なくなる。早く穴を広げたいと、舌を鏡に映して思った」。つまり、こういうまともな世界にいたくない、そんな世界ではなくて、「とことん、暗い世界で身を燃やしたい」と願っている女の子という設定になっています。

ルイは「ただ、とにかく陽の光の届かない、アンダーグラウンドの住人でいたい。子供の笑い声や愛のセレナーデが届かない場所はないのだろうか。」とも思っています。アマという同棲相手が既にからだをいじくりまわしてずいぶん派手に改造しているわけですが、ルイはこんなふうに思います。「でも今はアマの気持ちが分かる。私も今、外見で判断される事を望んでいる。陽が差さない場所がこの世にないのなら自分自身を影にしてしまう方法はないかと、模索している。」つまり身体改造をすることによって、自分自身を影にしてしまおう、まともな人間ではない、影の存在になろうと思っている。

このルイという女性は、明るい世界と暗い世界、あるいは表の世界と裏の世界の境目に生きる女性という設定が意識的になされています。アマやシバさんから見れば、彼女はただのギャルということになりますが、普通の娘のほうからは奇妙な存在に見える。「まさか舌に開けるとはね」とか「男の影響でしょ?」とか言われ、呆れられてしまう。ルイがそんな境目にいることによって小説が面白くなってくる。二〇歳の作者ではありますが、書き方を心得ています。

そんなルイが「蛇男」の舌に魅せられて、たぶん穴蔵のようなアパートで暮らし、やはり穴蔵のようなシバさんの店で舌の中央に穴を開けるのです。舌にピアスを入れたあと、ひどく痛いはずですが、「アマは部屋に帰ると呆れるくらい長いディープキスをして、あの蛇舌で私の舌のピアスを舐め回した。」これは印象的な細部で、リアルに書かれていると思います。

さて、そんなふたりの関係ですが、このアマという男は、見かけは怖くても優しくて子どもみたいで、いつもへらへら笑っている。それを見てルイは「パンクはパンクでも、中身はただのへたれだ」と思う。「パンクなくせに、癒し系。アマはよく分からない男だ。」とも書かれます。

ところがこの男が意外に乱暴な男で、ルイと一緒に街を歩いているときに、ルイのところへ寄ってきた男を殴り倒します。そして逃げるんですが、結果的にはその相手が死んでしまって、殺人犯になってしまう。そういう恐ろしさを秘めた青年ですが、それでもアマはとても殺人犯なんかには見えない、と書かれます。「大丈夫、アマはいつも間抜けなバカ男で、私の隣で笑ってる。」というふうに。アマのもつ両面がうまくとらえてあります。

アマという男はルイを溺愛していますので、ルイのほうは普段そんな怖いところは見ないんですが、しかしわからない、と感じる。小説の人物というものは、世界の境目のようなところで生きていたり、あるいは二面性を持っていたりすると、人物らしさが増してくるし、話が複雑に生きて面白くなります。この作者はそういう書き方をよく知っている。アマもルイもそんな書き方になっています。しかもふたりは相手の本当の名前も年齢も生い立ちも知らずに同棲している。お互いに相手の正体を知らずに、深くなっていきます。そんな二人の関係がよくわかるところを朗読してもらいましょう。


こいつは人を殺した事があるんじゃないかと思った。

「アマ、あんたもう成人してるんだから、人殺ししたら実刑なんだよ。分かってるの?」

「いや、俺まだ未成年だけど?」

アマは真面目な顔でそう言って、まじまじと私を見た。私はそんなアマに呆れて、心配しているのがバカらしくなった。

「バカじゃないの?」

「本当だよ」

「だって会った時二十四って言ったじゃない」

「いや、ルイがその位かと思って合わせてみた。ガキだと思われたくなかったし。そういや、ルイって幾つなの？」

「あんたね、失礼にも程があるわよ。私だって未成年よ」

「うそっ？」

短くそう叫んで目を丸くするアマ。

「まじで？　俺何かすごく嬉しいや」

そう言って満面の笑みで私を抱きしめるアマ。

「まあ、お互い老けてるって事だな」

私はそう言ってアマを突き放した。そう言えば、私たちはお互いの事をほとんど知らない。お互い、生い立ちや歳の事も、避けていた訳ではなくてただ話題に上らなかった。結局私たちは未成年だという事だけ知ったけども、やっぱりそこから、じゃあ幾つなの？　という話にはならなかった。


短い一節ですが、なかなかうまい書き方をしています。まず、「こいつは人を殺した事があるんじゃないかと思った。」というところ。アマの、平気で人を殺してしまいそうな不気味な一面がルイの目に見えてくる。同時に、満面の笑みでルイを抱きしめるアマは無邪気です。お互いに十代だということがわかって、「俺何かすごく嬉しいや」と純粋に喜んでいる。それからルイのせりふ、「まあ、お互い老けてるって事だな」が面白い。

さて、そんなふたりが、舌にピアスを入れてくれたシバさんという彫り師と、三人で街を歩く場面があります。そしてお酒を飲む。

アンダーグラウンドの穴蔵世界で暮らし、身体改造をして、「自分自身を影にしてしまう」ように生きているにしても、彼らはいまの東京の普通の若者の風景のなかに自然に溶け込んでいるようにも見える。見かけはたしかに違うでしょうが、我々が読む限り、ことさらな対立は感じられない。ただ警戒はされます。怖がられるのは仕方がない。


私はアマとシバさんの間に入り、三人並んで人通りの多い繁華街を歩いた。安い大衆向けの居酒屋で、座敷席に案内されると、他の客が私たちを一瞥して気まずそうに目を逸らした。私たちはビールで乾杯して、刺青の話でヒートアップした。アマの体験談から始まり、シバさんの彫り師になったばかりの頃の苦労話、麒麟の画にかけた情熱。終いには二人とも上半身裸になってこの彫り方がどうだの、ここのぼかしがどうだのと熱く語り、そんな二人を見ていたら私はひどく微笑ましい気分になった。その時、私はシバさんが楽しそうにしているのを初めて見た事に気づいた。私と二人でいた時には決して見せなかった顔だった。S男も時には満面の笑みを浮かべるんだ。「服着ろよ」とか「うるせーよ」とか言いながら、私はゴキゲンでビールを飲んだ。素晴らしいデザイン画、楽しい宴、美味いビール。これだけあれば、ほとんどの事が上手くいくような気がした。アマがトイレに立った隙に、シバさんは身を乗り出して私の頭を撫でた。

居酒屋で、大勢の人がいる前で裸になって刺青を見せて盛り上がっている。アンダーグラウンド世界の青年が、普通の場所でかなり自由に振舞って楽しんでいる場面ですが、それを見ながらルイは嬉しく思うわけですね。ルイはこれから背中に刺青を入れようとしているので、そのデザイン画をシバさんに描いてもらっています。「自分自身を影にしてしまう」ための「素晴らしいデザイン画」です。それが出来て、楽しい宴と美味いビールがあれば、何でもうまくいきそうな気がする。無邪気といってもいいような幸福感です。

「あれで文句ないだろ?」

私はもちろん、と答えた。私たちはニッコリして見つめ合った。

「綺麗に彫ってやるからな」

というシバさんの言葉は力強く、私はこの人に出会えてよかった、と思った。

「シバさんの手にかかればお安いもんでしょ」

「ゴッドハンド?」

シバさんは苦笑まじりにそう言ってテーブルの上に置いた手をパーにした。

「彫ってる時、お前の事殺したくなったらどうしよう」

シバさんはまた冷たい目に戻って自分の手を見つめた。

「いーんじゃない？　それはそれで」

私はそう言ってビールをあおった。アマが戻ってくるのが見えた。

「他人にこんなに強い殺意を持ったのは初めてだ」

シバさんがそう言い終わった瞬間、アマがだらしない笑みを浮かべてテーブルに戻った。

「トイレゲロまみれ。俺も吐きそうになったよ」

アマの言葉で、場の空気はあっさり元に戻った。私のために男を殴り続けた男と、私に強い殺意を持った男。どちらかが、いつか私を殺す事はあるだろうか。


はじめの、普通の若者たちと変わらないような眺めが、ここでふたりの殺人者と少女の関係に切り替わります。

ひとりは純情な激情によって、ルイに言い寄ってきた男を殴り殺して逃げています。もうひとりのシバさんはサディストで、どうも人を殺したことがあるらしい。

シバさんとルイのやりとりからわかるように、ルイはシバさんとも既に関係を持っています。シバさんはサディスト、ルイはマゾヒストという設定になっています。ただしルイは、ノーマルでもアブノーマルでもセックスを楽しめる。アマとの関係は非常にノーマルで、アマはルイに対してごく純情な溺れるような愛情を持っています。それに対してシバさんは、アマに比べると歪んだ愛し方で、「他人にこんなに強い殺意を持ったのは初めてだ」と言います。そういう言い方でルイに「告白」をしているように見えます。

ルイとシバさんのＳＭ関係は、ポルノに近い長い場面になっていて、ストレートで生々しいんですが、多分に異常な性の場面をいまの若者は大抵うまく書きます。ＡＶ世界なんかの情報がたくさんあって、ポルノ的なものを書くのがうまいんでしょう。

さて、そのシバさんは、「なあ、もしもお前がいつか死にたくなったら、俺に殺させてくれ」と言ったりします。そしてルイの背中に麒麟と龍を彫り込みます。そういう関係をアマは知らずに、あるいはそれを恐れながら、ルイに溺れていく。そのアマの姿が描かれている部分を朗読してもらいます。


「しばらく、お風呂入らないでね。シャワーも直接当てないで。後、タオルとかで拭く時もこすっちゃダメだからね。それと、消毒した後は何かクリームとか塗っておいて。消毒は一日二回くらい。あと、あんまり日光に当てないでね。一週間くらいするとかさぶたが出来ると思うけど、ひっかいたりしちゃダメだよ。完璧にかさぶたと腫れがなくなったら次の施術な。とりあえず、かさぶたが完全に剝がれたら連絡して」

シバさんはそう言って私の肩を軽く叩いた。はーい、と何故かアマも私と声を合わせて返事をした。飯行きませんか？　というアマの誘いをシバさんはこんな中途半端な時間にくわねえよ、とあっさり返し、私たちは二人でＤｅｓｉｒｅを出た。帰り道で、思いっきり首をひねって背中を見ると、ワンピースから龍と麒麟が少し飛び出していた。そんな私をアマは複雑そうな顔で見ていた。なに？　と目で聞くとアマは私から目を逸らして口をへの字にした。無言のアマに嫌気がさし、半歩先を歩いていると、アマはふてくされた顔のまま私の手をつかんで横に並んだ。

「ルイ、何でワンピースなんて着てくんだよ。パンツ一枚で彫ってもらったんだろ？」

バカバカしい言葉に思わずしかめっ面をすると、アマはムッとした顔をして俯いた。

「Tシャツなんかよりヒラヒラな方が彫ってもらった後楽だと思ったのよ」

そう言うとアマは俯いたまま黙り込み、つないだ手にグッと力をこめた。信号待ちで立ち止まると、やっとアマは顔を上げて私を見た。

「情けない？　俺」

情けない顔でそう聞くアマを見てると、同情に近い気持ちが生まれた。誰かに一生懸命になっている人を見ると、いつもいたたまれない気持ちになる。

「ちょっとね」

アマは情けない顔のまま困ったような笑みを浮かべて、私が弱々しく微笑み返すとアマは勢い良く私を抱きしめた。仮にも、繁華街。通行人が私たちに目を止めていく。

「情けない男、嫌い？」

「ちょっとね」

アマは更に腕に力を込め、私は少し苦しくなった。

「ごめん。分かってると思うけど、ルイの事愛してるんだ」

やっと私から離れたアマは目が少し充血していて、ジャンキーみたいだった。頭を撫でてやるとアマは間抜けに笑い、私たちはまた歩き出した。その日、私は倒れるまで酒を飲み続けた。アマは意外と嬉しそうに私を介抱した。もう、あの事件から一ヶ月経った。アマは、変わらず私のそばにいる。大丈夫、大丈夫だってば……。私は自分に言い聞かせた。舌ピをした。刺青が完成して、スプリットタンが完成したら、私はその時何を思うだろう。普通に生活していれば、恐らく一生変わらないはずの物を、自ら進んで変えるという事。それは神に背いているとも、自我を信じているともとれる。私はずっと何も持たず何も気にせず何も咎めずに生きてきた。きっと、私の未来にも、刺青にも、スプリットタンにも、意味なんてない。

ルイはアマとの関係で舌ピを入れ、スプリットタンを目指していますが、背中に刺青を入れてもらうシバさんとの関係も同時進行で進んでいきます。

私の刺青は、四回の施術を経て、完成した。デザイン構想から四ヶ月が経っていた。シバさんは彫るたびに私を抱いた。最後の施術を終えた後、シバさんは珍しく私のお腹の上の精子を拭いた。シバさんはおもむろに口を開いて「俺、彫り師やめようかな」とボンヤリ宙を見上げ、そう言った。私はシバさんを止める理由もなく、ただ黙ってタバコに火を点けた。

「アマみたいに、一人の女と付き合ってみようかと思って」

「彫り師やめるのと関係あるの？」

「人生の再出発ってやつ？　最高の麒麟彫ったし、思い残す事ねーなって思って」

シバさんは自分の頭を撫でて、ため息をついた。

「無理だよな。俺って基本的にいつも転職考えてるから、気にしないで」

上半身裸のシバさんの腕の麒麟は、まるでそこに君臨するかのように鋭い目をして、私を睨んでいた。


この場面の微妙なせりふがうまい。これはどうやら、ルイに対するシバさんの求愛の言葉のようです。その後、彼の求愛はもっとはっきりしてきて、結婚してくれと言うようになります。また、こんなせりふも出てきます。「アマは、お前の手に負えるような相手じゃないし、お前は、アマの手に負えるような相手じゃない。とにかく、バランスが悪いんだよ、お前らは」。これなんかも微妙な求愛表現になっていて、アマはお前から見ると楽な相手に見えるかも知れないけど、実際はそんな男じゃない。お前の手に余るものがあるし、ルイも純情なアマの手には負えないということですね。そういうふたりが付き合っているのはまずいから、別れて俺と結婚しろということなんです。

そんなふうに三人の関係が複雑になってきたところで、ある日突然アマがいなくなります。取り残されたルイは不安と絶望で、しだいにおかしくなっていく。朗読は省略しますが、そこもうまく書けていきます。ルイはアマとつき合いはじめたころ、あまり本気ではなかったのに、いつの間にか離れがたい関係になっていたことがわかります。ルイはスプリットタンへ向けて少しずつピアスのサイズを大きくしていき、現在は4Gという大きさにまで広がっている。アマは拡張のテンポが早いと心配していたんですが、ルイは逆にこんなふうに思うんですね。「私は急がなきゃと思った。末期癌と告知された訳でもないのに、時間がないと感じた。きっと時には生き急ぐ事も必要だ」。これはシバさんに刺青を彫ってもらって、欲しかったものが手に入り、少し虚脱状態に陥ったために、舌ピアスの拡張を急がなくてはと感じる。また、ルイはアルコール中毒気味でもあって、落ち込む時期がある。ちょうどそんなころアマが失踪してしまいます。

さて、この小説の時間は、ルイの舌ピアスのサイズが少しずつ大きくなることによって示されています。最初は14Gだったピアスが、4Gにまで広がる。話が進むにつれて、時間のテンポも早くなります。ルイはなぜか焦燥にかられて、「生き急ぐ」という感じになり、その挙句アマに失踪されて、ピアスを舌が裂ける寸前まで広げてしまう。

ところが失踪したアマは死体で発見されます。その死体は何者かによってレイプされていた。そしてなぶり殺しにされたらしいことがわかります。しかもペニスにはアメリカ産のムスクという線香が刺してあったといいます。

アマが死んで、五日が経った。犯人はまだ捕まっていない。私はDesireにいた。シバさんに連れられて一度病院に行ったきり、外に出なくなった私を見かねて、シバさんが一緒に店番をしようと言ってくれたのだった。シバさんは、気まぐれに何度か私を抱こうとしたけど、首を絞めても苦しい顔をしなくなった私を、シバさんは抱けなかった。首を絞められると、苦しいという思いより先に、早く殺して、と思ってしまう。多分、それを口に出していたら、シバさんは私を殺してくれただろう。でも、私は殺してと言わなかった。言葉を口にするのが億劫だったのか、この世に未練があるのか、まだアマは生きていると思いたいのか、私にも分からない。ただ、私は生きている。この、アマがいない退屈な日々を生きている。シバさんに抱かれる事も出来ない退屈な日々を生きている。そして、私はつまみさえ食べるのをやめた。半年前に計った時は四二キロあった体重が、三四キロになっていた。

この「アマがいない退屈な日々」から抜け出して立ち直るために、ルイは結局シバさんを頼ることになるという結末になっています。そんなふうに読めます。シバさんという人はサディストで、しかも男相手でも楽しめるということになっているので、もしかするとアマを殺したのはシバさんかもしれないんですね。ルイ自身もそれを疑っている。けれどもシバさんを犯人じゃないと思うことによって、シバさんとの関係で、生きようとする。そういう結末です。

違う読み方もあるでしょうが、シバさんがアマを殺したという確証はどこにも出てきません。小説としてはそれでいいんですが、ひとつ証拠物件が残っている。それは殺されたアマのペニスに刺さっていたムスクという線香で、シバさんの店にたくさん置いてあったものなんですね。ルイはそれに気づいて、急いで捨ててしまう。そしてココナッツの線香を買ってきて、店に置くようにする。証拠隠滅を図ろうとしたようです。

ともかくルイという少女は生きていくために、「根拠のない自信」を持とうとする。シバさんはアマを殺していないんだという「根拠のない自信」を持って生きていこうとするところでこの小説は終わります。

『蛇にピアス』の特長は、まず第一に、三人の登場人物の関係がうまく設定されていて、終始一貫その関係が生きていることです。目が離せないような気になります。人物の関係を生かすということが、小説らしい小説を書くための一番のポイントで、その点とてもよくできた小説だといえます。人物がいちいち二面性を持っていて、お互いにわからないところのある関係にスリルがあって、そのスリルが最後まで失われない。スリルという言葉をサスペンスと言い換えてもいいかもしれません。サスペンスとは、不安感、緊張感の持続ということで、それが保たれて、読者がどこまでも読んでいける。そういうものになっています。

第二に、この小説では小説の時間というものがよく生きています。読み手が小説の時間のなかで生きることができれば、面白いという感じが生まれます。人物の生きた関係を面白いと思うのと同じで、この小説は舌ピが少しずつ大きくなって、スプリットタンが完成しそうになる寸前のところで終わっていますが、そこまで一刻一刻時間が進んでいく。また、アマという人物の影が次第に薄くなり、シバさんの存在が大きくなるという変化があります。その方向で時間が進んでいく。時間の中からそんな変化が生まれる。それとともにルイの生活も、酒びたりのアル中の度合いが進んでしまう。小説の時間が一刻一刻進むのを止められない、決して逆戻りできないというふうに書ければ、小説はだいたい成功します。

それに、話の入口と出口で小説の登場人物が少し変化しているほうがいい。この小説は、そういう書き方になっていますね。話の初めは比較的無邪気な「ギャル」だったルイが、最後はアル中で痩せ細りながらもしたたかに立ち直ろうとする、けなげでもありしぶとくもある姿を見せる。そんなふうに僕は読みました。初めと終わりが違うというところで、小説の時間が印象づけられます。シバさんなんかもそうです。話の初めは冷たいサディストの姿ばかりが描かれますが、最後はかなり柔らかくルイを受け止める男になっている。人物として複雑化しているのがわかります。

第三に、この小説はドロップアウトした若者のアンダーグラウンド世界の感触を伝えてくれます。人物は三人だけなのに「世界」の感じがあってリアルです。うまい会話がそのリアリティを作っています。この小説の会話は、無駄のない端的なコミュニケーションになっていて、言葉のやりとりに緊密さがあって、若者が必死で生きている感じが伝わります。それと同時にものごとを相対化する目が働いて、ユーモアが生じてもいます。ここでいうユーモアは余裕と同じ意味で、面白おかしく書いてあるわけではないんですが、余裕が感じられる。かなりまともな言語能力を示す会話になっています。

以上、三点を挙げましたが、小説というのは生きていなくちゃならない。それが一番大事なことです。僕は理由があって一〇年以上芥川賞作品を読んできましたが、本当に生きている作品が何篇あったかなあと振り返ると、そういくつもないんですね。若い作者の作品として、その点大変感心させられました。

最後にひとつつけ加えるならば、この小説の前半はアマのルイに対するひたすらな執着、純愛が描かれますが、後半はルイの愛の自覚にシバさんの新たな愛が絡むというふうに、人間関係の全体が最終的には愛の絡みとして受け取れるようになっている。あいまいな日常の気分や性と暴力の小説がいま普通なのに、かなりはっきり愛を感じさせて、それが哀しみの印象を残すという小説になっています。舌ピとかスプリットタンとか刺青とか、事柄としては十分刺激的ですが、そういうものが社会への反逆のしるしでは必ずしもなくて、それらへのこだわりが独特の愛の感情へつながっていく。そういうところが過去の不良の世界を書いた小説とは違うので、そのへんの読み方を工夫する必要があると思います。

以上述べたことをひとまとめにしますと、『蛇にピアス』は、ごくまともなオーソドックスな書き方の小説だということになります。オーソドックスな小説らしさを、無駄のない書き方でしっかり作りあげたものだといえます。表現の上で余分なものが出てくるような、冗漫に流れて形が崩れるようなところがまったくない。そこを不満に思う読者もいるかもしれない。芥川賞の選考委員の中で、たぶん半分くらいはそういうふうに思ったようですが。

ここで、『限りなく透明に近いブルー』という小説で三〇年近く前に芥川賞をとって、いま選考委員になっている村上龍の選評について考えてみたいんですが、彼ははじめこの小説に「居心地の悪さ」「違和感」を感じたと言っています。それはどういうことかというと、「作者の才能が作品の細部に表れていないということ」で、「文体もメタファーも凡庸である。社会に順応できない若者がボディピアスに憧れるというモチーフも凡庸だ」という印象だったようです。だがもう一度読み返してみて、「細部が凡庸なことが本当に欠点なのだろうかと思い始めた。突出した細部ではなく、破綻のない全体を持つ小説もあるということだ。」と考え直し、評価したと言っているんですね。

これはひとつの読み方ですが、村上龍の言うとおり、「突出した細部」に注目する読み方というものがあります。そこだけ拾うような読み方をする人がいる。「全体」というのはじつはあまり人気がない。プロの世界では、全体がうまく作られているとつまらないという読み方をする人が多い。

一般の読者にとって、『蛇にピアス』の中で突出した細部と感じられるものは、まず、女の子が舌の真ん中に穴を開けられるところや、舌のピアスを広げていくところでしょう。あまりに痛々しくてショッキングだし、蛇舌の少女というものを想像すると、ちょっと忘れられないものになるかもしれない。しかし村上龍は、そこを凡庸だというふうに言っています。その例として、舌に穴を開けられる場面で、「戦慄」という凡庸な言葉がくり返されると彼は言う。確かにそう言えるかも知れませんが、僕が感じたのは、穴を開けたあと相当激しい痛みが続くはずなのに、その感じがあまり描かれていないということです。作者は痛みの感じを露骨に読み手に突きつけるような書き方をしていません。それは作者の経験を直接書いたものではないからでしょう。僕はひどい痛みを押しつけられるのは嫌だから、そんなことを露骨に書いてほしくないので、その点については村上龍とは反対です。突出した細部を求めるような読み方を、僕が必ずしもしないということもある。

村上龍の三〇年前の小説のばあい、麻薬パーティーの乱交場面や暴力の場面が相当汚らしかった。そういうところが「突出的」だったかもしれないけれども、その種の細部と映像的イメージばかりで、人物の区別も関係もほとんどわからない小説は、じつは読みにくくて仕方がない。あの小説には関係というものがなかった。誰と誰がどうなったのか、わからないような書き方で、細部ばかりが突出していて、「全体」がなかった。『蛇にピアス』という小説は、そういうものとはずいぶん違うんです。

村上龍が小説に「突出した細部」を求めるというのは、特に主人公のルイに「社会に順応できない若者」の憎悪や悪意の刃《やいば》といったものを求めるということかもしれません。それが感じられないので凡庸というんですね。村上龍は「読み直してみて、その後ルイが普通の女の子だということがわかった」ので評価を変えたと言っています。要するにこの小説の人物は、「不良」でさえないんですね。村上龍の小説は「不良」の物語ですが、この小説の登場人物は「不良」でさえない。そこを村上龍は最初読めなかった。彼は金原ひとみさんの父親の世代に当たるので、その世代の父親らしく自分に引きつけすぎて「不良」のパターンで見るところがあって、ちょっと観念的な読み方になっているようです。

『蛇にピアス』は、すでに述べたとおり、オーソドックスな小説らしい小説なので、村上はそのことを理解するのにちょっと手間取っている感じがあります。本来小説というものには、村上龍が凡庸といいたくなるような性質があるんです。そのことは、山田詠美の評言を借りて考えてみましょう。彼女はこんなふうに言っています。「世にも古風でピュアな物語が見えて来る。小説という手段を必要としている作者のコアな部分が見えるようだ」。つまり古風でピュアな物語を語るために、小説という器を必要としたということですね。その器というのは、村上龍の言葉を借りれば凡庸なものかもしれない。だけどそういう器でしか表現できないものがある。山田詠美は正しい受けとめ方をしていると思います。

さて、この辺で綿矢りささんの作品に移ります。『蹴りたい背中』という、奇妙な題がついています。この題は非常に評判がよくて、作品を読んでみると意味がわかるんですが、なかなかこんな題はつけられない。この作品について選考委員の池澤夏樹は「人と人との仲を書」いたものだといい、それは「すなわち小説の王道ではないか」と言っています。その言葉だけをとれば正しいんですが、綿矢りさ作品についてこういうふうに言うと何だかおかしな感じがする。あるいは高樹のぶ子は、「あくまで人間と人間関係を描こうとし」たものだと言っています。僕の考えでは、それは『蛇にピアス』に向けるべき言葉です。このふたりはそれを理由に『蹴りたい背中』を『蛇にピアス』より高く評価しているのですが。

確かに綿矢りさという人は、「関係」が描ける人でしょう。その将来性や可能性がよく窺われる作品です。彼女は太宰治をよく読んだそうで、場面によっては太宰よりうまいくらいのところもある。ただ、『蹴りたい背中』では高校一年生、十五歳の世界が語られるわけですが、その世界に本当の意味で人間関係なんていうものがあるのかないのか、疑わしいとも言える。

まわりのことを気にしたくないのに気にする思春期の心が堂々めぐりしているだけなので、そちらの関係を無理に読もうとすると、つまらないいんじゃないかと思います。高校生の人間関係なんてものを真面目に説明しようとすると、かえっておかしくなるので、この作品は主人公のハツとにな川というオタク少年の奇妙な接触を描いたもので、クラスメイトたちの人間関係を書いたものではないと読むべきでしょう。池澤夏樹はごく真面目に、「高校における異物排除のメカニズムを正確に書」いていると言っていますが、その問題を突っ込んで書いたものではないので、そちらを読もうとしても、この小説はあまり面白くならない。普段われわれがだいたいわかっていることしか書いてないというふうに読めてしまいますから。

この小説の主人公のハツという女の子は、ことさらな異物でも何でもなくて、他人とかかわりたくないので自分から動かず、なにもせず、自己防御的、閉塞的になっている。その主人公と同じようにクラスで孤立しているにな川という少年とのあいだに関係ができます。関係というよりもただの接近で、はみだし者同士が近づくという、まあそれだけの話なんです。男女の関係になるわけではない。

なぜ普通の関係にならないのかというと、にな川は徹底したオタクなので、生身の人間とうまくやれないんですね。彼はオリチャンというモデルの女性に夢中で、オリチャンに関する情報やものをすべて集めている。そのにな川という少年に対するハツの気持ちが、いわく言い難いもどかしいものになっていくことを書いた小説で、にな川のオタクぶりがハツに背を向けてうずくまる彼の背中によって象徴される。そしてその背中を蹴りたいと思うハツの奇妙な心が、くわしく書かれて、読みどころになっています。

つまりこの小説は、思春期の学校生徒の関係を読むのではなく、生徒の世界の説明はいちいちわかるけれど、長すぎるのでそこは飛ばしておいて、孤立した少年と少女のあいだに生じる、わけのわからない思い、衝動、こだわり、親しみを説明した部分に目をつけて読むといいだろうと思います。その部分にこの作者の非凡さ、あるいは小説家としての才能がよく出ています。

それでは朗読してもらいましょう。にな川がオリチャンの顔写真に別の少女の裸の下半身の写真を貼りあわせたものを、ハツがにな川の部屋で見つけてしまう。その場面です。


指でつまんでいる稚拙な写真を眺める。これは、にな川が何歳の時の「作品」なんだろう。紙の赤茶けた感じや、ケースの底にゴミのように貼り付いていたまま忘れられていたことから考える限り、かなり初期の作品の気がする。オリチャンへの想いの原型が剝き出しになっているのが、この、顔はオリチャン、身体は少女の写真なんじゃないだろうか。にな川の猫背な後ろ姿を直視できない。

あんなに健康的なものを、よくこれだけ卑猥な目で見られますね。

心の中で小さく嘲ってみたら、興奮した。あれだけ健康的にすくすくと輝いているものをここまで貶めてしまえるのはすごい。多分これを作ったにな川は、オリチャンを貶めているなんてさらさら思っていないと思うが。

脆いつぎはぎ部分が壊れてしまわないように、そっと、写真を短パンの尻ポケットに入れた。にな川は初めと変わらない体勢で一心にラジオを聴いている。英語のリスニングテストを受けているかのような集中力で、私が近寄っても気づかない。彼はイヤホンを片っぽの耳にしか突っ込んでいなかった。もう片方のイヤホンは肩に垂れ下がっている。

いつの間にか私は立ち上がっていて、彼を見下ろしていた。彼の後ろ頸を、肌触りだけは良さそうな白いシャツの襟が囲んでいる。洗濯しているんだろうけど、着古して、襟ぐりの内側が垢で汚れて茶色くなっていた。ずっと見つめていると、また生乾きの腫れぼったい気持ちが膨れ上がった。

（略）

この、もの哀しく丸まった、無防備な背中を蹴りたい。痛がるにな川を見たい。いきなり咲いたまっさらな欲望は、閃光のようで、一瞬目が眩んだ。

瞬間、足の裏に、背骨の確かな感触があった。

にな川は前にのめり、イヤホンは引っ張られCDデッキから外れて、ラジオの曲が部屋中に大音量で鳴り響いた。おしゃれな雑貨屋なんかで流れていそうなボサノバ調の曲に全然合ってない、驚いた瞳で、彼は息をつめて私を見つめている。

「ごめん、強く……叩きすぎた。軽く肩を叩こうとしたんだけど。もう帰るって、言いたくて。」

ドアをノックするような手の動きを加えながら、嘘がすらすら口から出てきた。

「ほぼパンチくらいの威力だったよ、今の。」

私のニューマキシシングルをお送りしましたー、恥ずかしいな、いかがでしたかー?と、オリチャンの能天気な声が響く。

「あー、声が同じ、やっぱり私が無印で会った人はオリチャンに間違いないね。」

話をそらすために、わざと明るい声を作って言った。

「すごいよな、この声を実際に聞いたことあるなんてな。」

背中の蹴られた部分をさすりながら、にな川は私を憧れの職業についている大人を見るような目で見る。蹴ったのがばれませんように。でも、もし青痣になっていたとしても、背中だから、まず気づくことはないだろう。彼の背中で人知れず青く内出血している痣を想像すると愛しくって、さらに指で押してみたくなった。乱暴な欲望はとどまらない。

「そうだ。私帰ろうとしてたんだっけ。こんな夕方まで体操服着て、何やってんだろ。そんじゃ。」

歩こうとしたら、膝から下の力が抜けて、スローモーションのようなしりもちをつき、素早くにな川を見たが、彼は既にイヤホンを戻し、またオリチャンと二人きりの世界に旅立っていた。

まだテレビの音がしている居間を避けるようにして長い廊下を通り、靴をひっかけて玄関を飛び出した。外は既に薄暗くなっており、気温も下がっていて、なんだか落ち着かない。外からでは、にな川の部屋のある二階部分は、道路に面している一階の平屋の家とは、別の家みたいに見えた。洗濯物だらけの窓も見えた。あの向こうに、一番大切な箱を荒らされ、盗まれ、その上蹴られた男の子がいる。と思うと、なんだかたまらない。半開きの口からつゅんと熱い唾が溢れて、あわてて上向いて喉だけひくつかせて、どうにか飲み込んだ。

とてもうまい文章です。ここに書かれている「乱暴な欲望」は性的なもの、つまりサディスティックな欲望と考えることも一応できます。ただこの人がうまいのは、そういうことが一概に言えないように書くところなので、一応そういう考え方もできるということしか言えません。

このあとにまた似たような場面が出てきて、にな川の唇が乾燥して痛そうにひび割れているのを見たハツは、「さわりたいなめたい、」と思う。そしててろっと舐めると血の味がするというところがあります。接吻の場面ですが、これも一応サディスティックな衝動に見えて、『蛇にピアス』のM女に対してこれはS女の話かというふうに読める。にな川はハツが「冷たいケイベツの目つきでこっち見てる。」と言い、それに対してハツは、「熱いかたまりが胸につかえて息苦しくなって、私はそーいう目になるんだ。」と言います。これはやはりサディスティックな性欲ということになるんじゃないかと思う。冷たい軽蔑の目というと、『蛇にピアス』ではシバさんがいつもそういう目をしていた。それと同じようにも見える。ただそう決めつけられない微妙な書き方になっていて、そこがうまいところです。

学校で見るにな川の背中について、ハツはこんなふうに思っています。「はくぼくのついた運動靴の靴裏の跡、が似合う。」つまり、いじめて蹴りたくなるような背中だということですね。いじめの対象になるような背中です。そして退屈した誰かがにな川をいじめて靴裏の跡をつけたら、「私はうらやましくてしょうがないだろう。」と書かれる。いままで他人とつき合いのなかった人間が急に接近して、馴れ馴れしくなって、いじめの快感を得たいということかもしれないが、こんな説明があります。「(にな川が) 痛いの好きだったら、きっと私はもう蹴りたくなくなるだろう。だって蹴っている方も蹴られている方も歓んでるなんて、なんだか不潔だ。」これはサド・マゾ関係を否定している。おそらくまだ性経験もない高校生の少女のわけのわからない欲望・感情を、どれだけ書けるかという小説になっていて、そこが面白いところです。

さて、このハツという少女は、級友たちのレベルが低いと思っているから、一緒につるみたくない。それでいつもひとりでいて、「自分の内側ばっかり見てる。」あるいは「頭の中でずっと一人でしゃべっている。」そんな女の子が、自分と同類の、必ずしもレベルの低くない男の子に興味を持って、ようやく自分から動いていく。にな川のレベルが高いか低いかは書かれないんですが、オタクというところからもレベルが低いんじゃないかと思いがちだけれども、そうとも言い切れないところがある。

面白いのは、にな川のせりふがとてもしっかりしていて、なかなか微妙ないい日本語で、いまの若者言葉のようではないことです。そういうところから、にな川というのはかくれ文学青年じゃないかという気がしてくる。いまは文学青年なんて流行らないから、文学好きな人は隠れていますから、彼はそんな青年かなと思ってしまう。

そのにな川はオリチャンを思うことがすべてで、いわば別世界に生きていて、身のまわりの現実にも他人にも無頓着で、「がらんどうの目」をしている。「生気がごっそり抜け落ちて」死相さえ出ているように見える。もしにな川が昔の文学青年であれば、彼が執着するのはオリチャンではなく、文学とか哲学になるはずですね。ところが、にな川のばあい、それがオリチャンであるために、死相が出てくるというところが現代的かもしれません。

ともかく、にな川のせりふはなかなか立派です。作者がそういうふうに書いているんで、作者の言葉が立派だということになるけれども、どういうつもりでそんな端正なせりふをしゃべらせているのか、ちょっとわからないところもあるんですが。

さて、にな川はオリチャンのライブに行って、生身のオリチャンを「飢えた目つき」で見るという場面になります。そのにな川を見てハツは、「これこそ私の見たかったものだ。」と思う。「私はオリチャンを見つめているにな川が好きだ。」「彼にあるのは目だけ。」ハツはそんなにな川から目が離せなくなります。「こんなにたくさんの人に囲まれた興奮の真ん中で、にな川がさびしい。彼を可哀想と思う気持ちと同じ速度で、反対側のもう一つの激情に引っぱられていく。にな川の傷ついた顔を見たい。もっとかわいそうになれ。」

にな川は最後までオタクの世界に閉じこもっていますが、それにもかかわらず微妙な形で関係というものが生まれかけているようにも見えます。にな川のオタクらしからぬ言葉の正しさ、端正さからも、なにかそう思えるところがある。その関係のもどかしいような、「なんだかたまらない」、いわく言いがたい性質が語られている。そういう小説ではないかと思えます。ハツには他の級友との関係はないんですが、それがないからこそにな川との間にこれがある、というものが書かれている。少なくともハツの方は、関係のスリルに引きつけられているようです。まだにな川はそこまで行っていなくて、ハツの方がにな川との関係を求めている。そんな感じがあります。

小説の最後がとてもうまいので、そこを読んで終わりにしましょう。またそこで背中を蹴りたいという衝動が語られます。

「オリチャンに近づいていったあの時に、おれ、あの人を今までで一番遠くに感じた。彼女のかけらを拾い集めて、ケースの中にためこんでた時より、ずっと。」

彼は低い声で独り言のように呟く。言葉の続きを待ったけれど、彼はそれ以上何も言わず、眠ろうとするかのように寝転んだ。私に背を向けて。

川の浅瀬に重い石を落とすと、川底の砂が立ち上って水を濁すように、あの気持ちが底から立ち上ってきて心を濁す。いためつけたい。蹴りたい。愛しいよりも、もっと強い気持ちで。足をそっと伸ばして爪先を彼の背中に押し付けたら、力が入って、親指の骨が軽くぽきっと鳴った。

「痛い、なんか固いものが背中に当たってる。」

足指の先の背中がゆるやかに反る。

「ベランダの窓枠じゃない？」

にな川は振り返って、自分の背中の後ろにあった、うすく埃の積もっている細い窓枠を不思議そうに指でなぞり、そしてそれから、その段の上に置かれている私の足を、少し見た。親指から小指へとなだらかに短くなっていく足指の、小さな爪を、少し見ている。気づいてないふりをして何食わぬ顔でそっぽを向いたら、はく息が震えた。


これが末尾の文章ですが、ここではハツの欲望と足の先の動きが、にな川の目によって相対化されています。最後になって、まともにハツを見るにな川の目がはじめて出てきたような気になります。その目によって、ハツの欲望がますます微妙なものにされ、クローズアップされるような終わり方になっています。ハツの「乱暴な欲望」について、選考委員の黒井千次は、「セックス以前であると同時にセックス以後をも予感させる広がり」を見ています。つまり性的なものかそうでないのかあまりはっきりしない、セックス以前かもしれないが、普通のセックスを超えたものをも感じさせる、そんな「広がり」を思わせる微妙な書き方を評価しています。

　金原ひとみさんと綿矢りささんは、小説というものをよく知っていて、そこに社会の熟した感じが見てとれるようにも思えます。村上龍の時代まではっきりしていたカウンター・カルチャーの主張や固い反抗的姿勢が少しずつ崩れて、あいまいにされていった末に、世の中の画一化と幼稚化、低俗化のなかで、あるいは風俗的退廃のなかで、一部の若者たちが手に入れつつあるものがある。一見、惨憺たる状態でありながらどこかに余裕のある社会が生み出した「成熟」のかたちがあるのかもしれない。もし、そういうものがあるのだとすれば、やはり小説というのは未熟な人には書けないものですから、小説はもっと面白くなり得るかもしれない。文学がいわば底あげされるかもしれない。そういう未来を期待したいものです。

あとがき

大昔のことになるが、「中央公論」の文芸欄が文壇の檜舞台だったころ、毎号書きこみをしながら小説を読むような読者がいた。「文芸時評」のたぐいの寸評を、該当作品のページにいちいち貼りつけて保存する人もいた。そんな雑誌が何十年分も揃うと、古本屋の高額商品になり、それがいまでは大学の図書館などに収められている。

現在、文芸雑誌を毎号読む読者はおそらくいないにちがいない。年二回の芥川賞受賞作を必ず読むという人も、ごく少ないはずだ。私も長いあいだ読んでいなかった。昭和戦前までの読者の真似ができないだけでなく、たった年に二度の恒例行事にもつきあえなかったのだが、一九九〇年ごろふとしたことから読んでみる気になり、十年あまりのあいだ、毎回読んで批評を書くことをつづけた。いったん読みはじめたからには、十年はつづけようと思った。

日ごろ、小説の創作指導といったことにたずさわり、小説を書こうとする大勢の人々と接してきた。読む人より、むしろ書きたい人が多いように見えるのがいまの時代である。その人たちにとって、複雑化し多様化している文芸ジャーナリズムは、多分にわかりにくいものになっている。そのなかで、芥川賞というものは比較的見やすい性質をもっていて、しかもカルチャーセンターの小説教室といった場所とも無縁ではなく、実際に教室の人が芥川賞候補になるということもあった。

本書は、小説を書こうとする人々と接する場所で、そのときどきの新人小説を読んだ記録である。なるべくていねいに作品を見、そのうえで率直に語ることを心がけた。小説を書く人間が人のものを読むときの、読み手としての注文をはっきり述べるようにした。読んで納得できるかできないかなので、納得できる作品の場合はまったく注文をつけなかった。

ただ、そんな作品は少なく、全体に悪口を言いすぎているように見えるかもしれない。その点、目ざわり耳ざわりということがなければいいが、ふつう作家同士で本音を言うときはこんなものだし、私としては辛口のスタンドプレイを演ずるつもりは毛頭なかった。

いまどき、小説に愚直にこだわるのは野暮というものかもしれない。当事者より野次馬のほうが格好がつくので、だれもが岡目八目ふうのうまいあしらい方を工夫することになる。だからいま、世に野次馬の辛口批評といったものはたくさんある。

だが、私のはそれとは違って、野次馬ならぬ当事者の批評である。斬って捨てるような書き方はしていない。作品を読んでいない読者にもわかるように、作品内容の紹介をくわしくしてある。そこはなるべくフェアにやりたかった。それが十年分たまって、記録としての意味が出てくるようにとも考えた。

本書の「10年の小説」の部分は、一九九〇年から二〇〇一年まで、朝日カルチャーセンター新宿教室の同人誌「私人」に連載したものである。「近作を読む」の部分は、日本大学芸術学部公開講座で話したもので、「江古田文学」第五十六号（二〇〇四年八月）に収載された。「蛇にピアス」と「蹴りたい背中」については、講座の性質上特にていねいな読み方を示し、辛口の調子を出さなかった。二十歳の作者の小説として、感心したのも事実だったからである。

本書は、順を追って読めば、二十世紀末十年の新人小説の移りかわりがわかるかもしれないが、必ずしもそう読まなければならないものでもない。拾い読みで結構。順不同の読み方でうまく楽しむことができればとも思っている。

二〇〇五年三月

尾高修也

著者略歴
尾高修也（おだか しゅうや）
1937年東京生まれ。早稲田大学政経学部卒。小説「危うい歳月」により72年度文藝賞（河出書房新社）を受ける。74年から日本大学芸術学部文芸学科で教え、現在教授。80年以来池袋コミュニティ・カレッジ、朝日カルチャーセンターなどで小説作法の教室をもつ。著書に『恋人の樹』『塔の子』（ともに河出書房新社）『青年期―谷崎潤一郎論』（小沢書店）などがある。

新人を読む
10年の小説 1990-2000
ISBN4-336-04697-2

平成17年3月20日 初版第一刷印刷
平成17年3月25日 初版第一刷発行

著者 尾高修也
発行者 佐藤今朝夫

〒174-0056 東京都板橋区志村1-13-15
発行所 株式会社 国書刊行会
TEL.03(5970)7421(代表) FAX.03(5970)7427
http://www.kokusho.co.jp

落丁本・乱丁本はお取替いたします。 印刷・ショーエーグラフィックス 製本・㈾村上製本